ブレイン・ロメオ
ロメオ王国王太子。優秀で穏やか。かつては自分の力を過信していた。エリスに告白し玉砕している。
シル・リッチ
ベルドの側近。寡黙で優秀だが、怒ると辛辣。ベルドに容赦ない。
ベルド・ジラーズ
隣国・ジラーズ王国の王太子。尊大でかなり傲慢な性格。
レイア・パーカー
パーカー侯爵家長女。勝ち気な才女で、王太子妃候補。エリスの友人でもある。

Contents

3部　平凡な令嬢 エリス・ラースの遊戯《たわむれ》

平凡な令嬢 エリス・ラースの日常

The Everyday Life of an Ordinary Lady Ellis Lars

2

まゆらん

イラスト
羽公

3部　平凡な令嬢　エリス・ラースの遊戯《たわむれ》

序章

女神に愛された国。

ジラーズ王国は建国当時から、そう呼ばれていた。

その国土の大半は女神より賜《たまわ》った豊かな森林で覆《おお》われ、土地は肥沃《ひよく》で、実りの季節には民たちを存分に潤《うるお》してくれた。１年中を通して気候は穏やかで、ジラーズ王国を東西に割るように流れるメノ大河は、数百年にわたって一度も荒れた事がない清流であった。

民たちは女神の恵みに感謝しつつ、土を耕し、種を植え、実りを収穫し、懸命に日々を務めていた。民たちの懸命な努力があって、ジラーズ王国は富み、大国へと成長していったのだ。

それが、崩《くず》れ始めたのはいつからだろうか。

長く続く平和に、王国は発展し、熟しすぎた果実のように、ぐずぐずと崩れ始めたのだ。民は日々の務めを怠るようになり、享楽《きょうらく》的な生活を求めるようになった。森を拓《ひら》き、川の形を変え、資源を奪い合い、贅《ぜい》を尽くす事を競い始めた。女神への信仰が形骸化《けいがいか》し、人々は私欲を満たすためにいがみ合い始め、あちらこちらで小競《こぜ》り合いが起こった。

気づけば、ジラーズ王国は争いの絶えぬ、枯れた国になり果てていた。

山は消え、森は枯れ、川は今にも涸《か》れそうだ。美しい緑、柔らかな日差し、清《すが》しい空気は消え失せ、荒れた砂地、乾いた風、澱《よど》んだ水源。わずかな権益を巡《めぐ》って、貴族たちは諍《いさか》いを起こした。世情が安定せぬまま、何年も過ぎた頃、王家に後継《こうけい》争いが起こり、次代の王を狙《ねら》う第1王子と第2王子の間で激しい争いが起きた。国を分かつほどまで過熱した争いにより、辛《かろ》うじて保《も》っていたジラーズ王国は大きく揺らぐ事になった。

戦いは、やがて第2王子の勝利により、終止符を打たれた。しかし、長く続いた争いで第2王子も大きく力を削《そ》がれており、争いが終わっても、山積した問題がすぐに片付く事はなかった。

粛清《しゅくせい》で荒れる国内、激変する貴族の力関係。没落する商人もいれば、逆に戦《いくさ》で潤う商人もいた。田畑を焼かれた民たちは飢《う》え、食いつめて野盗《やとう》になる者も出始め、国内の治安は悪化の一途を辿《たど》った。

そんな中。手を差し伸べたのは隣国、ロメオ王国だった。

混乱し困窮するジラーズ王国へ、食料の支援や騎士団の派遣を行い、ジラーズ王国が安定するまでは、支援の手を緩《ゆる》めなかった。騎士団による秩序と、食料による不安の解消で、聡明な第2王子の下、ジラーズ王国はようやく、落ち着きを取り戻していった。

ロメオ王国の圧倒的な国力をもってすれば、この機に乗じて、混乱するジラーズ王国を手中にする事もできただろう。実際、周辺の国々の中には、ジラーズ王国への侵略を企《たくら》む国もあった。だが大国ロメオの存在を考えれば、安易に攻め入る事はできなかったのだ。

ロメオ王国がこれほどまでにジラーズ王国に親身になっていたのにはわけがあった。

ロメオ王国では、数年前から密《ひそ》かに暗躍していたある人身売買組織が捕縛《ほばく》された。主に貧しい平民を攫《さら》っては、禁忌《きんき》の拷問《ごうもん》具《ぐ》で魔力を抜き取り、奴隷に落とし、娼館《しょうかん》に売り払っていた非道な組織であったが、ロメオ王国内の多数の貴族たちがこの組織に加担し、巨利を得ていた。

しかもこの組織を指示していたのが、誰あろうジラーズ王国の第1王子だったのだ。

これには、穏健なロメオ国王も激怒した。組織に加担したロメオ王国の貴族たちを苛烈《かれつ》に処断し、ジラーズ王国へも激しく抗議した。これに真摯《しんし》に対応したのがジラーズ王国の第2王子だった。第2王子はジラーズ王国の非を素直に詫《わ》び、人身売買の被害に遭《あ》ったロメオ王国の民を必ず保護すると宣言し、内乱の収まらない中、騎士団を指揮して組織の壊滅に尽力したのだ。

ロメオ国王は第2王子のその誠実な人柄と行動力に感銘《かんめい》を受け、『第2王子が在《あ》る限り、ロメオとジラーズは良き友でいられよう』と発言し、両国間の緊張は解けた。

ジラーズ王国内では、大国であるロメオ王国の後《うし》ろ盾《だて》を得て、第2王子が第1王子を降《くだ》す事となったのだ。

未《いま》だに大地は痩《や》せ、草木はまばらで、川は細く澱んでいたが。

大国の加護により、ジラーズ王国はようやく、平穏な日々を取り戻しつつあった。

◆◇◆◇◆

俺、ベルド・ジラーズの、一番古い記憶は、俺を抱きしめ、さめざめと泣いている母上の顔だった。

あれはいくつの頃だったか。乳母《うば》からもらった菓子に毒が仕込まれていた。菓子を食べてからしばらくして、喉《のど》が焼けるように熱くなった。すぐに死ぬような毒ではなかったが、数日間、寝込む羽目《はめ》になったのだ。

犯人の乳母は俺に毒を盛ったあと、行方《ゆくえ》をくらましたので、俺に毒を盛った理由は分からずじまいだった。だが、誰が黒幕なのかは、皆、察していた。まだ幼かった俺でさえも。

乳母を操って俺に毒を盛ったのは、父上の兄である、伯父《おじ》上の派閥《はばつ》。第1王子派の仕業《しわざ》であろうと。

父上と伯父上はジラーズ王国の王子として生まれた。

第1王子である伯父上と、第2王子である父上は、母親が違った。

伯父上の母は他国の王室から娶《めと》った姫君。父上の母はジラーズ王国の公爵家の令嬢。血筋的には他国の王家の血を引く伯父上の方が尊いのだが、それゆえに甘やかされ放題に育てられた伯父上は、我儘《わがまま》で横暴な王子として、周囲からの評価は低かった。能力的にも性格的にも、優れていたのは父上の方だった。

自然と、血統を重んじる派閥は伯父上を推《お》し、実質的な能力を重んじる派閥は父上を推すようになった。2つの派閥の争いは、年々激化していき、やがては国を分かつほどの争いにまで発展した。

俺は父上の第一子にして、唯一の男児。伯父上の子に男児はいないので、父上に次いで王位継承権第3位である俺を、伯父上が厭《いと》うのは当然だった。父上の守りが厳重であったため、俺の方が攻撃しやすかったのだろう。

毒を盛られるだけでなく、俺は第1王子派の貴族たちからは、凡庸《ぼんよう》だの貧弱だのと陰口を叩《たた》かれていた。証拠はなかったが、私物を隠されたり、飼っていた小鳥を殺されたり、陰湿な嫌がらせも受けていた。王たる資質を持つ完璧な父上を貶《けな》せない代わりとばかりに、俺を攻撃する事で溜飲《りゅういん》を下げたかったのかもしれない。

そんな事もあって、母上は俺を守るために、俺を連れて王宮の外に出た。最初、父上は反対した。王位を争う大事な時に、俺が王宮を出るのは格好の攻撃材料になる。だが、俺を溺愛《できあい》する母上は、俺の安全のためだと父上を責めたて、納得させた。母上の出身の公爵家は、父上の最大派閥なので、父上は母上に強く出られないのだ。

母上の実家であるベルローズ公爵領の片田舎の小さな屋敷で、俺と母上は暮らし始めた。安全のため、俺の居場所は、父上や限られた側近しか知らず、ベルローズ公爵家の全面的な協力の下、完璧《かんぺき》に秘匿《ひとく》されていた。屋敷の敷地の外に出る事は禁じられていたが、俺は厳しい王宮の教育から逃れて、のびのびとした日々を送る事ができるようになった。いつも第2王子妃として気を張りつめ、俺の心配ばかりしていた母上にも笑顔が増え、父上の事は気がかりではあったけれど、俺はベルローズ公爵領での生活を楽しんでいた。

だが、単調で刺激のない田舎での生活に、俺は次第に飽きていった。

この暮らしは俺が再び狙われるのを防ぐためのものだ。父上が伯父上を降し、立太子するまで、俺の安全のためには仕方がないと分かってはいた。初めは物珍しかった田舎暮らしも、何年も過ぎる頃には、うんざりするようになった。毎日毎日、同じ事の繰り返し。安全のために、使用人も護衛も家庭教師も、必要最小限の人数だ。同じ顔ばかり見ていて、気が狂いそうだった。しかも使用人や護衛たちは俺より一回りも年上の大人ばっかりで、話も合わないし遊びにも付き合ってくれないし、つまらなかった。

王都にいた時のように、気軽に友人たちと遊びたかった。だがここは、近くの街まで行くのに馬で何日もかかるような田舎だ。野宿などした事もない俺には、こっそり抜け出す事もできず、どうする事もできなかった。

俺が田舎暮らしに不満を漏《も》らしてばかりだったからか、ある日、母上が、俺に側近を付けてくれた。

「シル・リッチです」

貧乏伯爵家であるリッチ伯爵家の三男で、俺と同い年のシルは、俺よりも背が低く、身体も細く、色が白く、一言で言えば貧相な子どもだった。次期国王である俺の側近が、こんな奴だなんて。初めてシルに会った時、俺は露骨にガッカリした。

「お前が俺の従者か。なんだ。地味だな」

俺が溜息《ためいき》交じりにそう言っても、シルは顔色一つ変えず、無表情だった。萎縮《いしゅく》しているのかと思ったが、あとから聞いたら、初対面なのに、王族とはいえあまりに傲慢《ごうまん》で無礼《ぶれい》な態度に、心底、呆《あき》れていたらしい。初対面から、生意気《なまいき》な奴だったのだ。

シルは、今まで俺の側《そば》にいた使用人や護衛や家庭教師とは、全く違っていた。今思えば、彼らは俺の臣下だったのだ。未来の王たる俺を育てるために、厳しく叱《しか》る事もあったが、そこには常に敬意と恐れがあった。

だがシルは、子どもだったせいもあるだろうが、俺に対して壁を作る事はなかった。いつだって全力で挑《いど》んできて、俺の事が気に食わないと、叱るんじゃなくて喧嘩《けんか》をした。普通の、同じ年の、友達みたいだった。

それから俺は、シルと過ごす時間が多くなっていった。

シルは凄い奴だった。見かけは地味だし、身体こそ小さいが、俺の護衛たちと互角に渡り合えるぐらいの強さがあった。多分、影の訓練も積んでいたのだろう。俺はシルと戦って、一度だって勝てた事はなかった。

勉学についても、シルは成績優秀で、俺は追い抜かれないように必死で勉強した。あんな地味チビに、剣の腕が負けているだけでも悔《くや》しいのに、勉学すら負けるなどと、未来の国王である俺に、あってはならない事だ。お陰で成績については、シルに追い抜かれる事はなく、誰からも文句を言われる事もなかった。

その上、シルは俺の身の回りの世話までこなすのだ。特にシルの淹《い》れた紅茶は格別に美味《うま》く、俺はこいつの紅茶でなければ、満足できなくなっていた。また、シルは毒にも詳《くわ》しくて、俺の食事は全て事前にシルが毒見をしていた。

それに、貧相で気弱そうな見た目に反して、シルはとてもふてぶてしい性格をしていた。普段は無口なくせに、俺が弱音《よわね》を吐くと『それで将来、国王になるおつもりですか』などと、冷めた目で言い放つのだ。母上にだって、そんな事言われた事ないのに。

だが。不敬ではあるが、シルは決して道理《どうり》の通らぬ事は言わない。だから、腹が立つし悔しいが、シルの意見には耳を貸すようにしていた。

こうして、いつの間にか、地味でパッとしないシルは、俺にとってはなくてはならない存在《側近》になっていた。地味で、いくつになっても小さいままで、普段は無口で怒ると饒舌《じょうぜつ》で。それでも、俺の生活の根幹を支える、大事な側近で、親友だった。

母上からは、他にも何人か側近を付けるよう、候補者を紹介されたのだが。俺にはシル1人いれば十分だった。こいつ以上に気の利く奴はいないし、何より気楽だった。俺とシルの間に、今さら、他の誰かは必要なかった。新しい側近と一から関係を作っていくのも、面倒だったのだ。

あの事件が起こるまでは。

あれは、なんの変哲もない普通の日だった。

いつものように鍛錬《たんれん》をして、家庭教師の授業を受け、休憩をしていた時の事。

シルの淹れたお茶と茶菓子。いつもと同じ午後のはずだった。

「ぐふっ」

給仕をしていたシルが、突然、血を吐いた。

手で口を押さえても、こぼれる血を抑えきれず。

それでもシルは、必死にテーブルクロスを引っ張って、上に載《の》っていた茶菓子と紅茶を地面に落とした。喉を焼かれていたシルは、声を出せない代わりに茶菓子と紅茶を地面に落とす事で、口にするなと訴えたのだ。

「シル！」

俺は護衛たちに阻《はば》まれて、倒れるシルの側に行く事はできなかった。

護衛の1人が、シルの身体を地面に横たえる。苦しそうに咳《せ》き込むシルは、呼吸が上手《うま》くできていないようだった。

「殿下、別室へ。お早く移動を！」

「シル！　シル！」

護衛たちの声が耳に入らぬほど、俺は取り乱していた。俺のせいで。俺が狙われていたのに。シルが毒見役を務めている事は分かっていたはずなのに。毒は幼い頃から慣らしているので、ほとんど効かないと、シルは言っていたのに。あんなに、あんなに、苦しんでいるじゃないか。

屋敷に常駐している医者が駆けつけ、シルの襟元《えりもと》を緩め、呼吸を促す。

俺は護衛たちを振りきって、シルに近づいた。シルの白いシャツは血に染まり、その赤さはどんどん広がっていった。小さな身体を丸め、呼吸音が細く高く続いている。シルの容体を確かめようと、俺は手を伸ばした。

俺と同い年の側近は。なんでもできる、凄い奴なのに。あんなに首も腕も細く、頼りなくて。あれほど小さなシルに、俺は守られていたのか。

シルを失うかもしれない。俺はそう思って、世界が崩れるような気がした。

隣にいるのが当たり前になっていたシルが。俺の側からいなくなる？　そんな事、信じられない。

「殿下！　お手を触れてはなりません！」

俺は護衛に羽交《はが》い締《じ》めにされ、シルから無理矢理、引き離された。

頭のどこかでは分かっていた。どんな毒が盛られたかも分からないのに、シルに触れるのは、危険だということを。口からだけではなく、触れただけで皮膚から摂取《せっしゅ》される致死性の高い毒も存在する。常に暗殺の危険に晒《さら》されていた俺は、そういった知識も厳しく教え込まれていた。

だがそんな知識も、なんの役にも立たなかった。多分俺は、正気を失っていたのだろう。ただシルの無事を確かめたくて、俺を押さえつける頑強な護衛たちの腕を引き剥《は》がし、闇雲《やみくも》にシルに手を伸ばしていた。

「殿下！　暴れないでください！　殿下！　……やむを得ん！」

首筋に衝撃を感じて、目の前が真っ暗になった。

意識が途切れる前に、シルの鮮《あざ》やかな血の色と、力のない瞳《ひとみ》が、俺の奥底にこびりついていた。

1章　平凡な令嬢の縁談

エリス・ラースは平凡な令嬢である。

栗色の髪と茶色の瞳。性格は大人しく、少し内気。学園でもあまり目立たない、どこにでもいる普通の令嬢だ。

学業は頑張っているが、成績は中ぐらい。少しだけ魔術と算学が苦手でマナーと音楽の授業が得意。

ラース侯爵家は、侯爵の中でもちょうど真ん中ぐらいの地位だ。領地も田畑が広がる長閑《のどか》な田舎で、堅実な領地経営を行っているが目立つものは何もない。政治的にも、どこの派閥にも属していないが毒にも薬にもならない立ち位置なので、なんら支障はない。

エリスは病弱な兄に代わり、ラース侯爵家の後継《あとつ》ぎとなる事が決まっている。後継を辞した兄との関係は良好で、兄は領地で妹を支えるべく働いているので、泥沼のお家騒動とも無縁だ。

最近の社交界では、領地経営を自ら行う有能な女当主がもてはやされているが、学園での成績を見る限り、エリスにそれほどの才はない。優秀な婿《むこ》に領地経営を任せれば、エリス自身が関わる事はほとんどないだろうし、関わるほどの能力もないだろう。そんな女当主も珍しい事ではなかった。

そんなエリスだが、未だに婚約者が決まっていなかった。

エリスの年齢でまだ婚約者が決まっていないのはままある事だが、彼女の場合、つい先頃まで他家に嫁《とつ》ぐものと思っていたのが、急に侯爵家を継ぐ事になった。婚約者のいない令嬢の場合、学園卒業までにそれなりの相手を決めるものなのだが、条件が嫁入りから婿取りに変更し、結婚相手の選考基準も大きく変わってしまったため、一から検討し直しとなってしまった。

そのため、ラース侯爵家には降るように縁談《えんだん》が舞い込んでいるという。爵位を継げない貴族家の次男、三男にとって、家付き娘との婚姻《こんいん》は喉から手が出るほど欲しい縁だ。しかもエリスは目立った容姿ではないが普通に可愛らしいし、大人しく控えめな普段の様子から鑑《かんが》みて、婿入りしたあとも、跡取り娘だからと威張《いば》り散らす事もなさそうだし、従順に婿の顔を立ててくれそうだ。そんなところも、人気が出た所以《ゆえん》であろう。

ラース侯爵は、あまりの縁談の多さに驚き、現時点でエリスの婚約者を決める予定はないと宣言した。元々、エリスの婚約者は卒業までに選定する予定であったし、エリス自身も後継ぎに決まったばかりで、心の準備ができていないためというのが、その理由だった。

それで、ほんの少し過熱していた婿入りの申し込みは、表面上は落ち着きを見せた。

いつもの平穏と単調さが、ラース侯爵家に戻ってきた。

◆◇◆◇◆

「こうして釣書《つりがき》だけ見ていると、世の中には立派な令息《れいそく》が溢《あふ》れているもんだねぇ。気づかなかったよ」

ふくふくとした人の好《よ》い笑みを浮かべ、ラース侯爵はエリスに届いた釣書を興味深そうに見ている。

テーブルの上には山のように釣書が置かれている。今はまだ娘の婚約者を決めるつもりはないと、ラース侯爵が宣言してから数は減っていたが、それでも途切れるという事はなかった。

ラース侯爵の側には、筆頭執事であるシュウ・イジーがいて、主人の言葉を受けて静かに微笑んでいる。シュウの淹れた紅茶の良い香りが部屋に広がっていたが、ラース侯爵はそれに手をつけようともせず、釣書に夢中になっていた。

エリス宛《あ》ての釣書の処理は、父親である、ラース侯爵の管理下にある。そして、実際にそれを取り仕切るのは、ラース侯爵家の筆頭執事シュウ・イジーだ。シュウにはある程度の権限が与えられているため、他家の縁談とはいえ、ラース侯爵家に釣り合わないような身分の家からの縁談はシュウの判断で対処する事になっており、ラース侯爵の目に通るのは、一見、問題のなさそうな縁談ばかりだ。

ちなみに、もしもエリスの専属執事であるハルに釣書を処理する権限があった場合は、一切の縁談が、ラース侯爵の目に入ることなく処理されていただろう。釣書を送ってきた家の存在ごと、葬《ほうむ》られていたかもしれない。

しかし、今、ラース侯爵が机に広げているのは、そんな筆頭執事の厳しい検閲《けんえつ》を潜《くぐ》り抜けた真《ま》っ当《とう》な家からの縁談ではなく、切り捨てられた縁談の方だった。既にシュウがラース侯爵の名で断りの手紙を送っているにもかかわらず、それを一々《いちいち》、読み上げているのだ。

「ほら。こちらの令息は優秀な剣の使い手だそうだ。それに、こちらの令息は、若いながらも商会を経営しているらしいよ」

楽しそうに釣書を読み上げる父親に、エリスは苦笑する。縁談の釣書など、まともに読むのが馬鹿げている。大抵は功績が誇張されているか、酷《ひど》い時は捏造《ねつぞう》されているのだから。どの家だって、釣書を額面通りに受け入れるわけではなく、きちんと調査をするものだ。

「ふふふ。調べてみたらね、優秀な剣の使い手というけれど、騎士学校にいた形跡もないし、もちろん王家の騎士団にも所属していないし、貴族家に護衛騎士として仕えているわけでもない。本人も、コロコロと丸っこい体型でねぇ。本当に剣を握《にぎ》れるのか、分からないみたいだね」

剣術使いの令息の釣書と共に並べてある調査書を読み、ラース侯爵はとても楽しそうだ。

これぐらいならよくある、可愛らしい詐欺《さぎ》だ。もしかしたら、子どもの頃は剣の筋がよかったのかもしれない。

「それに、この令息の場合は、確かに商会の経営はしているようだが、随分《ずいぶん》とキナ臭《くさ》いところから資金を借りているねぇ。実質は既に破産寸前だよ。いやぁ。悪びれもせずに、よくこんな嘘《うそ》を並べられるもんだ」

商会を経営しているという令息の釣書に添えられた調査書を手に持って、ラース侯爵はわざとらしく目を丸くして見せる。

「その調査書……。もしかして、使用人たちを使って調査なさったんですか？ 断ると決まっている縁談なのに、そこまで調べる必要がございまして？」

エリスが父の手から取り上げた調査書を見ると、かなり詳細に記されていた。初めから受けるつもりのない縁談なのに、どうしてこんなに綿密な調査がいるのかと、エリスは呆れた。酔《すい》狂《きょう》にもほどがある。

「いやぁ。調べ始めたら、釣書と実情が違いすぎて、面白くなっちゃってね。ウチの使用人たちの、いい鍛錬になるし。ほら。情報収集部門の子たちの卒業試験にも、ちょうどいいだろう」

ラース侯爵家には、諜報《ちょうほう》活動を得意とする者たちが数多く存在する。素質がある者を、子どものうちから育てているのだが、王家の影など目ではないほど優秀だ。なんなら、王家の影の中にも数人潜《もぐ》り込んでいる。その子たちが本気を出せば、普通の貴族家の醜聞《しゅうぶん》の1つや2つ、探り出すのも作り出すのも、お手のものだろう。

「そのような簡単な調査では、鍛錬にも試験にもならないのではありませんか？」

「いやいや、中には結構、巧妙なモノもあってね？　例えばこの令息なんて、成績優秀で真面《まじ》目《め》だと誰に聞いても評判がいい。最初は尻尾《しっぽ》を出さなかったようだけど、さすが、ウチの子たちだねぇ。四方八方から入念に調べ上げて、最終的には愛人が5人、隠し子が3人も判明したよ。他にも、女癖《おんなぐせ》が悪くてあちこちに手を出しているみたいだね。相手は平民ばかりだから、家の力で醜聞を揉《も》み消していたようだよ。真面目な好青年にしか、見えないけどねぇ」

そこにはエリスも知っている、学園の先輩の名があった。確か伯爵家の次男で、眉目秀麗《びもくしゅうれい》で騎士を目指していた。体つきも逞《たく》しく、真面目な性格で、女性を相手に浮ついた態度など一度も見せた事はない。学園内での人気も高い人なのだが。真面目そうに見える青年の意外な一面を知って、エリスは顔をしかめた。他人の醜聞なんて興味もないし、知りたくもない。

「こんな男が我が侯爵家に婿入りしたら、とんでもない騒動になりそうだねぇ。いや、逆に、これだけ強《したた》かなら、意外にウチには向いているかもしれないね」

クスクス笑う侯爵に、エリスはジトリとした目を向ける。

持ち込まれる縁談の処理に辟易《へきえき》している侯爵は、さっさと相手を決めてしまってこの騒ぎを終わらせたいのか、事あるごとに縁談の話をしてくるのだ。

「お父様。私の結婚相手は、卒業までに自分で決めてもいいと仰《おっしゃ》いましたよね？」

それがラース家のルールのはずだ。爵位を継ぐだけでも業腹《ごうはら》なのに、生涯の相手まで勝手に決められてはたまらない。

学園を卒業するまでに結婚相手を選ぶようにと、条件はつけられたが、卒業までにはまだ時間がある。なぜこんな風に、口を出されなくてはいけないのか。

「ふふふ。お前の卒業まで、あと2年か。それまでに、彼はシュウを納得させる事ができるのかねぇ」

エリスが誰を選ぶつもりなのかなど、ラース侯爵には全てお見通しなのだろう。揶揄《からか》うように、エリスを見つめている。

ラース侯爵自身は、エリスの結婚相手に口を出すつもりはないのだろう。エリスが選んだ相手ならば、どんなろくでなしでも、認めるに違いない。ラース侯爵家とはそういうものだ。

だが、ラース侯爵はよくても、相手の親である、筆頭執事《シュウ》が否《いな》と言えば、話は違ってくる。シュウにとっては、ラース侯爵家の後継ぎであるエリスの伴侶《はんりょ》が、侯爵家に足る人物でなければ、到底《とうてい》認められないのだ。すなわち、筆頭執事程度を納得させられなくては、ラース侯爵家に相応《ふさわ》しいはずがない。

ラース侯爵家は、中の方が曲者揃《くせものぞろ》いで厄介《やっかい》なのだ。下手に優秀な者が揃っているので、上に立つものは彼らを掌握《しょうあく》できる者でなければ、認められない。

現時点で、ラース侯爵家の使用人たちを束《たば》ねるのは、筆頭執事であるシュウ・イジーだ。

有能なのはもちろんの事、その圧倒的な強さ。そしてラース侯爵家への心酔《しんすい》と忠義心は、他の追随を許さない。ラース侯爵家の狂信的で忠実なる番犬として、長年、君臨している。

おまけに、次代の当主たるエリスはシュウにとって、幼き頃からその成長を見守ってきた、自分の娘も同然の存在だ。エリスの気持ちを優先したい気持ちはあるのだが、それを上回る勢いで、ろくでなし《自分の息子》に大事なエリスを掻《か》っ攫われるのは、我慢ならないのだろう。

面倒な後継ぎ。鬱陶《うっとう》しい縁談。揶揄ってくる父。その上、立ち塞がる壁《シュウ》の高さときたら、難度は絶望的だ。

エリスは、楽しそうなラース侯爵と素知らぬ顔をしている筆頭執事を見ながら、溜息を吐《つ》いた。

◆◇◆◇◆

「貴女《あなた》も色々大変なのね」

くすくす笑いながらレイアに言われ、エリスは唇を尖《とが》らせた。

「そんな一言で済ませて欲しくないわ。お父様とシュウの2人を相手取るのは、骨が折れるのよ」

パーカー侯爵家の一室に招かれ、エリスは紅茶を飲みながらレイアを相手に盛大に愚痴《ぐち》をこぼしていた。話を聞くレイアは、先ほどからずっと笑いっぱなしだった。

レイア・パーカーはパーカー侯爵家の長女だ。鮮やかな薔薇《ばら》色の髪、澄み切った青眼の、勝ち気な美女である。法務大臣の父を持ち、嫡男《ちゃくなん》である兄も法務省に勤め、ロメオ王国でも名門と言われる家柄である。

「でも、貴女のお父様は面白いわね。受ける気のない縁談のお相手を詳細に調べるなんて。費用も時間もかかるでしょうに」

ハッキリと無駄《むだ》な事だと断じないのは、レイアが友人の父を慮《おもんぱか》っての事だったが、エリスの方は容赦がなかった。

「お父様はお暇なのよ。最近はわたくしに執務をどんどん押しつけて、お好きな事をなさっているもの。まだラース侯爵家の当主はお父様だというのに、当主決裁の必要な書類まで、わたくしの書類に混ぜ込んでいるのよ。趣味に勤《いそ》しむ時間があったら、ご自分の仕事ぐらい、きちんとなさって欲しいわ」

ラース侯爵は数年後に迫った爵位譲渡に備え、着々とエリスに仕事を譲り始《おしつけ》ていた。兄が次期当主の時だって、これほど露骨ではなかったのに。たぶん父は、エリスが当主になるであろう事を、高い確率で予想していたのだろう。兄妹の後継争いには、手も口も出さなかった父だが、どちらが当主を継《負けるか》ぐかなんて、お見通しだったに違いない。兄に仕事の引き継ぎをしなかったのは、引き継いでもどうせ無駄になると分かって二度手間《にどでま》を避けただけだ。そう思うと、ますます面白くない気持ちになるエリスだった。

「わたくしもだけど。貴女も面倒な事になってしまったわね？」

不満を呑み込んで、エリスがレイアにそう問えば、複雑そうな笑みが返ってきた。

「まさかレイア様が、王太子妃候補になるなんて。本当に、あの事件は厄介事ばかり引き寄せるのだから」

ロメオ王国を揺るがしたドーグ・バレ《死をもたらすもの》による人身売買事件。隣国ジラーズ王国やロメオ王国の、主に貧民や罪人が攫われ、魔力を抜かれた挙句《あげく》、奴隷や娼婦《しょうふ》として売られるという凶悪犯罪に、ロメオ王国内の多くの貴族が関わっていた。事件に関わった貴族たちには、相応しい罰《ばつ》が与えられたのだが、その中には、王太子ブレインの妃候補であったローズ・トレス嬢とリリー・オーウェン嬢の所縁《ゆかり》の家もあった。トレス家は分家が、オーウェン家は夫人の実家が、かの犯罪組織と関わっていた。トレス家とオーウェン家は直接的な関わりがなかったため、取り潰《つぶ》しは免れたものの、両家がロメオ王国内での立場を保つ事は難しく、2人の令嬢は妃候補を辞退し、学園も辞め、領地に戻る事になったのだ。

そうなると、王太子の妃候補を早急に決める必要があり、今回の事件の解決に大きく貢献した事もあって、パーカー侯爵家のレイアに白羽《しらは》の矢が立ったのだ。レイアが、将来は結婚より文官になる事を目指しており、そのため、婚約者が決まっていなかった事も、選ばれた一因であった。

「貴族の娘として生まれた以上、政略による結婚は仕方がないと思っていたけど。まさかお相手が王太子殿下とは、予想外だったわ」

当のレイアは、喜ぶでもなく恐れるでもなく、淡々とその王命を受け入れた。

多くの貴族家の力関係が変わり、国内の安定が揺らいでいる今、王太子の婚約者が決まれば、少しは国内も落ち着くだろう。パーカー侯爵家は、野心はないが、穏やかで忠義に厚く、代々法務に携わって公正で理知的だと、他の貴族からも一目置かれている。現状で、レイアほど王太子妃に相応しい者はいないのだ。

レイアとて、現在のロメオ王国の状況は分かっている。私《し》よりも国を取る事が当たり前の感覚で育っているレイアにとって、父のような優秀な文官になりたいという夢があったとしても、国に尽くす方が優先する。

「それに、文官の範疇《はんちゅう》では無理な大きな事業も、王妃になればできるでしょう」

もしもレイアが王太子妃になる事を望まなければ、友人として色々と工作する事も辞さないエリスだったが。

にやりと微笑む逞しいレイアだからこそ、何も言わずに見守る事にしたのだ。

レイアとエリスの関係は、ドーグ・バレの事件以降、一変していた。

あの事件では、レイアがドーグ・バレに囚《とら》われ、それをエリスが助け出したのだが。その時のエリスの圧倒的な強さにレイアは惹《ひ》かれ、そんな自分に激しく動揺した。

レイアがドーグ・バレに囚われた事は伏せられていたため、事件解決後、レイアもエリスも何事もなかったように、再び学園で顔を合わせるようになったのだが。

エリスは控えめにレイアに話しかけ、レイアは恥ずかしそうに顔を赤らめ、失礼ではない範囲の短い返事をするばかり。ある日、そんな関係に痺《しび》れを切らしたエリスが、先触れもなく、突然、転移魔術でパーカー侯爵家にやってきたのだ。

自室で寛《くつろ》いでいたレイアは、忽然《こつぜん》と部屋の中に現れたエリスに驚き、レイア付きの侍女などは泡《あわ》を吹いて腰を抜かした。

「ごめんなさい、レイア様。どうしても貴女と仲良くなりたかったのよ。何度お茶にお誘いしても、応じてくださらないから……」

しょんぼりと申し訳なさそうに言うエリスに、一瞬、ほだされそうになったレイアだったが。

「だ、だ、だからって、突然、部屋に来るなんて！　馬鹿なの？」

自分の格好がとても他人に見せられるようなものではない、とことん寛いだものだった事に気づき、思わずエリスを怒鳴《どな》りつけていた。化粧だってしていないのに。

怒鳴りつけられたエリスは、きょとんとしていたが。スッピンでいつもより幼く見える顔を真っ赤にして怒るレイアに、コロコロと笑い声を上げた。

「やっぱり、レイア様。好きだわ」

こっちは怒っているのに、どうして笑っているのか、レイアには理解できなかったが。

転移魔術などと上位の魔術師でも難しい魔術を使いこなすくせに。

あんなに恐ろしい悪者を、涼《すず》しい顔であっさりと倒すぐらい、強いくせに。

国王陛下が相手だろうと、堂々と交渉するくせに。

声を上げて嬉《うれ》しそうに笑っているエリスは、どこからどう見ても、普通の令嬢にしか見えなかったのだ。

ちなみに、エリスの突然の訪問を知ったパーカー侯爵夫妻は、屋敷中の使用人たちに緘口令《かんこうれい》を敷いた。

パーカー侯爵家の使用人たちは、高位貴族に仕えるだけあって、口が堅い。また、パーカー侯爵の実直で公正な人柄のお陰で、使用人たちは忠義心が厚く、元々、家の秘密を漏らすものなど1人もいなかったのだが。

普通の令嬢に見えるが、転移魔術などを気軽に使い、主人一家が顔色を変えてもてなす相手が只者《ただもの》であるはずはないと、使用人たちは本能的に危険を察した。言われなくても自主的に口を閉ざしていたので、ラース侯爵家の特異性は外に漏れる事なく保たれた。

最近では使用人たちも、魔法で先触れの手紙が届き、次いで転移魔術でエリスが現れる事態に驚く事もなくなり、パーカー侯爵家にエリスがいる風景はお馴染《なじ》みになりつつある。

当のパーカー侯爵夫妻は、エリスが頻繁《ひんぱん》に遊びに来る事に、密かに胃を痛めていた。いつ『紋章の家』の不興を買い、家ごとプチッと潰されるのかと、生きた心地がしなかったのだ。

『紋章の家』とは、ラース侯爵家の二つ名だ。

国に大きな利益を与える時、または国を揺るがす大事にラース侯爵家が関わる場合、王家はラース侯爵家の関与を隠蔽《いんぺい》する役割を担う。

その際、事情を知る関係者にはラース侯爵家の紋章が捺《お》されたカードが渡される。このカードは王の命《めい》と同義であり、ラース侯爵家の功績が決して表に出ないように取り計らう事が求められるのだ。

「それにしても。エリス様が結婚相手をさっさと指名してしまえば、それで済むような気がするのだけど」

レイアは改めて、疑問を口にした。ラース侯爵家は、一般的な貴族家とは随分と考え方が違う。

通常、貴族の子どもの結婚相手は、親が決めるものだ。そこは本人たちの感情より、家の利益が優先され、政略結婚は当たり前だ。

しかし、ラース侯爵家では、驚いた事に結婚するかどうかも本人が決めるそうだ。過去には研究の時間がこれ以上他に取られるのを嫌い、生涯未婚で過ごした当主もいたのだとか。もし本人がどうしても結婚したくなければ、血筋の者から適当に後継ぎを選ぶそうだ。ラース家の血筋ならば誰でも優秀なので、貴族家の当主ぐらいは務められるらしい。皆、嫌がって押しつけ合うそうだが。だから、今回のようにエリスの結婚相手について、ラース侯爵や筆頭執事が口を出すのは異例の事なのだ。

ラース侯爵は面白がっているだけのようだが、何よりもエリスが選んだ相手に対して、筆頭執事であるシュウの反対が強い。それに釣られた使用人たちの反発もある。

だが筆頭執事であるシュウでも、エリスが口に出してハルを結婚相手にと強く望めば、反対しないだろう。実の父親のラース侯爵だって、エリスが断言すれば、承諾するのだから。

レイアの言葉に、エリスはポポッと、可愛らしく頬《ほお》を染めた。

「でも、だって、それは。……わたくし、ハルにハッキリと申し込まれたわけではないのですもの」

「え？」

「好意は持たれていると思うのよ。『自分以上にエリス様を愛する者はいない』と前に言われたもの。でも、結婚どころか、交際すら、申し込まれていないし……」

「ええ？」

唇を尖らせ指を絡ませてイジイジと拗《す》ねるエリスに、レイアは口元を引きつらせた。

ラース侯爵家に縁談を申し込む貴族家に、秘密裡《ひみつり》に圧をかけつつ、排除して回っていると噂のあの、狂犬執事が。

このままでは侯爵家の婿として身分が足りないと、冒険者ギルドで塩漬《しおづ》けになっていた達成不可能な依頼を根こそぎ引き受け、次々に成功させて着々と功績を上げ、その褒賞《ほうしょう》で新たな爵位の授与が検討されていると巷《ちまた》で噂されている、S級冒険者『狂犬執事』が。

美貌も所作《しょさ》もますます洗練されて、社交界や令嬢たちの間では密かに人気が上がっているのに、エリス至上主義を隠そうともしない、あの狂犬執事が。

まさかエリスに交際《お付き合い》すら申し込んでいないなんて。意外と奥手なのかしら。

「あら？　でも、ほら。人前でも憚《はばか》らず、結構、気持ち悪い事、いえ、大胆な事を仰るでしょう、あの方」

ドーグ・バレの本拠地でエリスが戦っている時、ハルは『エリスの魔力で永遠に縛られたい』と、うっとりしていた気がする。あの時は目の前の戦闘に激しく動揺していて聞き流していたけれど、今思い返すと、つくづく気持ち悪い。ハルのあの美貌や才能があったとしても、お釣りが来るぐらい、レイアには受け入れがたいものだった。

それでも。あのハルの言動には、エリスへの想いが溢れていたと思う。多分。気持ちが悪いが。

「ハルの発言が気持ち悪いのは、魔術に対して目がないからよ。好意ではないと思うの」

あの言動を、なんでもない事のように受け入れているエリスにレイアは驚愕《きょうがく》しつつも、エリスの言い分に、なんとなく納得した。あんな変態発言が求婚の言葉だなんて、自分だったら絶対に嫌だ。エリスだって、認めたくはないのだろう。あの変態発言をプロポーズとは。

エリスは意外と、恋愛に夢を見るタイプだ。ヒーローとヒロインが紆余曲折《うよきょくせつ》を経て結ばれるような、ベッタベタの王道な恋愛小説が好みなのだ。小説のように、ヒーローに一途《いちず》に想われて、情熱的な愛の告白を受けたいのだろう。

そう考えると、あの気持ち悪い言動もカウントしなければ。確かに、エリスへのハルからのアプローチは、皆無なのだ。

「それに。こういう事は、ちゃんと、殿方の方から、言ってもらいたいものじゃないのっ」

落ち着きなく両手を握り、ツンッと顔を逸《そ》らすエリス。その頬は、真っ赤に染まっている。

その様子にはやっぱり、『紋章の家』の当主らしさは微塵《みじん》もなく。恋に恋する令嬢にしか見えなかった。

◆◇◆◇◆

「お帰りなさいませ、エリス様」

パーカー侯爵家より転移で戻ったエリスを、ハルが満面の笑顔で出迎える。

「ちょっと、この蔦《つた》、気持ち悪いぃ！　ハル兄様の変態！」

「うひゃひゃひゃひゃひゃっひゃっひゃっひ、ごほっぐほっ、げほげほっ、やめ、ハル兄ぃ、やめっ、この蔦、ほどいてっ、くはは」

同じくエリスを一番に出迎えようと待っていたダフとラブは、ハルに足止めされていた。足止めと言っても、出迎える直前に用事を言いつけられるとか、部屋に閉じ込められるとかの可愛らしいものではなく、物理的なものだ。突如足元に現れた禍々《まがまが》しい魔術陣から、黒い蔦が伸びてきて、2人の身体に絡みつき、動きを封じたのだ。

黒い蔦はダフとラブの身体を軽々と持ち上げ、うにょうにょと気持ち悪い動きで全身を這《は》い回っていた。服の中にまで入り込んできた蔦に、ラブは顔を赤らめて絶叫し、ダフはくすぐったさに笑い転げていた。こういう類《たぐい》の魔術は、魔術陣を崩さないと解ける事はないが、全身を絡め取られ、動きを封じられた双子に魔術陣を崩す事などできない。

「それは最近、魔法省で開発中の防犯用魔術陣の試作品だ。対象を捕縛する設計のはずが、魔力蔦が不埒《ふらち》な動きをするので失敗作だと言っていたが……。なるほど、製作者の陰険でムッツリな性癖《せいへき》が、こういうところに反映されているわけか……」

ハルはふんふんと頷《うなず》きながら、魔力蔦の検証をしていると見せかけて、思いっきり魔力蔦の作成者を貶していた。

ダフとラブは、それだけで誰が作成者なのか察せられた。きっとハルとは犬猿の仲の魔法省副長官の作なのだろう。彼はエリスの作った魔力縄《なわ》にやたらと感銘を受けていたから、影響されてこの魔力蔦を作ったのかもしれない。

「ふん、情けない。あの野良《のら》魔術師が作った魔術陣ごとき、破壊できないとは。ラース侯爵家に仕える者として、恥を知れ」

ハルが情け容赦なく双子を睨《にら》みつけるが、双子は理不尽《りふじん》な気持ちで一杯だった。

ダフとラブの記憶が確かならば、野良魔術師ことエリフィスは、魔法省の副長官だ。国の魔術師としては五指《ごし》に入り、魔術陣の作成に関しては、間違いなくブッチギリで国一番の実力者だ。そんな一流魔術師の作った魔術陣を、どうしてまだ学生の双子が崩せるというのか。

大体、エリフィスと顔を合わせれば、周囲の被害も目に入らず、大人げない魔術合戦を始めるような駄目《だめ》兄に、そんな事を言われるのは非常に心外だ。『あんな大人になりたくないナンバーワン』のくせに、偉そうに。

ガルガルと睨み合っていた双子とハルだったが、その時、妙に静かな事に気づいた。

いつもなら双子とハルの喧嘩を、やんわりと窘《たしな》めるエリスが、黙ってハルを見つめている。

「エリス様？」

ハルが訝《いぶか》しげに眉を顰《ひそ》めた。

「どうなさいました？　……まさか、お身体の具合が悪いのですか？」

ハルがさっとエリスに近づき、その身体を横抱きにする。

ダフとラブを戒《いまし》めていた魔力蔦を目がけ、ハルの魔力が鋭く飛んで、魔力蔦を生み出す魔術陣を破壊した。ついでに、双子も余波を食らって吹っ飛んだ。

「ラブ、薬を！　ダフ、すぐに医者を呼べ！」

いくら天才で万能なエリスでも、病に対する抵抗力は凡人と変わらない。それを知っているハルは、エリスが病気になると過敏に反応する。それこそ、軽く咳き込むだけで、医師を10人

でも百人でも呼ぼうとするぐらいだ。

　双子は吹っ飛ばされたのと同じぐらいの勢いでエリスの元に戻ってきた。双子だってハルに負けず劣らず、エリス第一主義なのだ。それにハルの暴力《魔力》には慣れっこなので、立ち直るのも早い。ラブの回復魔術で傷を治し、２人は命令に従って医者と薬を手配しようと、機敏に動き出した。

「ハル。わたくしはどこも悪くないわ。ダフ、ラブ、お医者様もお薬も、必要ないわ」

　真っ青な顔でエリスをベッドに押し込もうとするハルを、エリスは慌《あわ》てる事もなく制した。

「本当ですか？　ご気分が悪いのでは？　熱があるのでは？　エリス様、少しの不調でも、私に余さず教えてください。少しでもですよ？」

　エリスを横抱きにしたまま、小さな子どもに言い聞かせるように繰り返すハル。その横には、心配そうに目をうるうるさせる双子が張りつく。

「本当に大丈夫。でも、少し疲れたみたい。夕食の時間まで休みたいわ」

　そうエリスが言い終わらぬうちに、ハルは歩き出していた。エリスの私室に入り、ベッドの上に壊れ物を置くように、そっとエリスを横たわらせる。額に手を当てて熱を測り、アーンと口を開けさせて喉の腫《は》れがないか確認し、手首を取って脈を測る。そこまでして、ようやく異常がない事を確信したのか、ハルの強張《こわば》った顔が柔らかく緩んだ。

「お疲れが出たのでしょうか。夕食はお部屋に運ばせましょう。消化のよい、温かなものをご用意させます」

優しく、甘やかすような口調で、ハルはエリスを労《いた》わった。侍女たちにキビキビと夕食の手配を頼み、部屋を暖め、さりげなく仕事の書類をエリスの目に入らぬ場所に片付けた。もちろん、急ぎでも重要でもない案件である事は、確認済みだ。

それはまるで、主人の不調を気遣《きづか》い、仕事の段取りを決める、『デキる執事』だった。ダフとラブは、兄にこんな細やかな心配りができるなんてと感動した。エリスのあとを、尻尾を全力で振りながら追いかけるだけの、ダメ人間ではなかったのだと。

そこで止まれば、見本のような素晴らしい執事だったのに。止まらないのがハルだ。

「エリス様。寝苦しくないようにお召し替えを。私がお手伝いします。それと、寒くはありませんか？　私が添い寝をしましょうか？」

クローゼットからエリスのお気に入りの夜着を、手慣れた様子で取り出し、ハルが笑顔で差し出す。

エリスは当たり前だが、完璧な淑女《しゅくじょ》だ。完璧な淑女は、いくら専属執事でも、男性相手に夜着姿を見せるはずがない。それなのに、なぜクローゼットの中から迷いもなく、エリスのお気に入りの夜着を取り出せたのか。

あとをついてきていた双子が、まるで今世紀最大の変態を見るような目を実の兄に向けた。

特に、女性のラブの視線は、ゴミくずでも見ているようだった。

この流れるように変態的な行動をとる人間に、自分と同じ血が流れているのかと思うと絶望しかない。全ての血液を入れ替えたい衝動に駆られた。

双子は、いつものようにエリスが『気持ち悪いわ、ハル』と、兄を一刀両断《いっとうりょうだん》するのを期待していたのだが。

「……そうね、ハルにお願いしようかしら」

まさかのエリスの発言に、双子は耳を疑った。

エリスはやはり疲れているに違いない。うっかり、ハルのこの変態発言を受け入れてしまうぐらいに。もしかしたら上手に隠しているだけで、やはりどこか具合が悪いのかもしれない。

医者と薬が必要か。

だがそれよりも、まずい。エリスの許しがあったとなると、この変態がここぞとばかりにつけ上がって、エリスに無体《むたい》を働くに違いない。疲れきって弱りきっている（ように見える）エリスが、本気になった変態相手に、抗《あらが》えるだろうか。

ダフとラブは、即座に杖《つえ》と剣を構え、ハル《魔王》を駆逐《くちく》する事を決意した。血を分けた実の兄だが、殺《や》る事を１秒も迷わなかった。勝てるとは思えないが、双子にできる最高の剣技と魔術でもって、エリスを守るのだ。命だって、惜しくはない。

だが。予想に反して。ハルは動かなかった。

「ハル……？」

笑顔のまま、ハルが固まっている。ピクリとも動かない。まるで、石像にでもなってしまったようだ。

不思議そうに、エリスがハルに手を伸ばすと。

ビュンッ。

ハルが凄い勢いで、エリスの側から飛びのいた。

「……お、お茶を。エリス様の、おの、お飲み物をっ、準備ってまいり、まいりっますっ」

尋常ではない量の汗をかき、ハルはギコギコと音がしそうなぐらい不自然な動きで、後ずさりした。がったんがったんと、椅子やらテーブルやらにぶつかりながら、そのまま足早に部屋を出ていった。階段の辺りから、ドタンバタンと凄い音がして、侍女たちの悲鳴が聞こえた。

多分、階段から落ちたのだろう。

「なんだあれ……」

「ねぇ……」

常にはないハルの様子に、双子はぽかんとしている。絶対に野獣化してエリスに襲いかかると思っていたのに、まるで逃げ出すように離れていった。
エリスはそのハルの様子に、なにやら考え込んでいたが。
やがてクスクスと楽しそうに笑い出した。
「ハルったら。可愛いわね」
やはり、エリスは具合が悪いに違いない。あの変態を、可愛いと評するなんて。
主人に忠実な双子は、医者と薬を手配すべく、大急ぎでエリスの私室をあとにした。

2章　平凡な令嬢と隣国の王太子

ダフ・イジーとラブ・イジーは双子である。

ダフ・イジーはイジー子爵家の次男として生まれた。性格は少々短気で喧嘩っ早い。だが責任感が強く、粘《ねば》り強く根気《こんき》があり、一人前の騎士として立つ事を夢見て、日々、厳しい鍛錬を重ねている。

ラブ・イジーはイジー子爵家の長女である。性格は気が強く、勝気だ。可愛げがないと言われるが、年齢の割には大人びており、常に冷静な判断が求められる魔術師の資質を十分に備えている。

ダフとラブは男女の双子にしては珍しく、鏡に映《うつ》したようなそっくりな顔をしている。髪型と服装、声で見分ける事ができるが、もしも2人が同じ格好をしていて黙っていれば、実の両親ですら見分けがつかないかもしれない。それぐらい、瓜二《うりふた》つの顔だった。

しかも2人の相貌《そうぼう》は、まるで女神の祝福を一身に受けたように美しかった。きらきらと陽の光を受けて輝く金の髪。新緑を思わせる鮮やかな緑の瞳。人形のように整った繊細な顔立ち。

そんな芸術品のような顔が2つ並んだ姿は、幻想的ですらあり、イジー家の双子に密かに思いを寄せる者は決して少なくなかった。

ダフとラブは、ロメオ王国の貴族ならば誰もが通う王立学園の高等部第1学年だ。ダフは剣の才に、ラブは魔術の才にそれぞれ恵まれており、学園内では敵《かな》う者がいないぐらいの腕前だった。

また勉学も優秀で、入学以来、常に双子で主席を争っており、3位以下は双子から大きく引き離されていた。2人はそれを鼻にかける事もなく、友人たちに祝われれば謙虚に喜び、さらに努力を続ける。そんな控えめなところも、人気だ。

彼らの兄、ハル・イジーは学園始まって以来の天才と言われていて、本来は卒業するまでに3年かかる高等部を1年で卒業したという逸話《いつわ》がある。飛び級などという快挙を成し遂げたのは、あとにも先にもハル1人しかおらず、学園では伝説の人として語り継がれているぐらいだ。

その弟、妹として、2人は入学当時から教師たちに注目されていたが、兄に恥じない優秀さをダフもラブも備えており、学園ではハル・イジーの再来だと期待されている。

そんなダフとラブが仕えているのはラース侯爵家だ。ラース家の長女であるエリス・ラースは、病弱な兄に代わって侯爵家の後継ぎに決定している。ダフとラブは将来、エリスの侍女、護衛として仕える予定だった。学生の身である現在も、授業時間以外は侍女や護衛として、可能な限りエリスに付き従っている。本来、学生ならば勉学に専念するべきだが、その優秀さから特例として、侍女、護衛として働く事を認められているのだ。

高位の貴族家とはいえ、地味で平凡なラース侯爵家に、美しく優秀な双子が仕える事を不思議に思う者も多かった。彼らの実力なら、もっと高位の貴族家や、運が良ければ王宮への出仕も可能だからだ。

だが、双子の父、イジー子爵はラース侯爵家の筆頭執事を務めており、兄のハル・イジーは次期侯爵であるエリスの専属執事だ。イジー子爵家は代々、ラース侯爵家に仕えており、双子がラース侯爵家に仕えるのは自然な流れであった。

それだけではなく、ラース家に仕える者たちは、皆、優秀であり、一様に忠義に厚い。これはラース家の面々が穏やかで、使用人たちを常に思いやり、大事にしているからだと言われている。

イジー家の双子も、ロメオ王国の王太子にして次代の国王であるブレインから、直々《じきじき》に側近への勧誘を受けたが、ラース侯爵家を、エリスの側を、離れる事を望まなかった。そんな忠義に厚いところもまた、人気が高まる要因だった。

優秀な使用人たちを多く抱えるラース侯爵家だが、不思議と他家から羨望《せんぼう》や妬《ねた》みを持たれる事が少なかった。

ラース侯爵家は特に目立つ事もない平凡な貴族家ではあるが、代々の当主は真面目で堅実、地味ではあるが人当たりが良く、敵を作る事がなかった。特に高位貴族からの信頼は厚く、ラース侯爵家に手出しをする者は、全くいないのだ。

そういった理由から、ラース家に仕える優秀な使用人たちを無理矢理引き抜こうとする輩《やから》は、これまで、現れた事はなく。

ラース侯爵家の人々も、彼らに仕える使用人たちも、心穏やかな日々を過ごしていた。

◆◇◆◇◆

「この私が、側近にしてやろうと言っているんだぞ？」

不機嫌さを隠そうともせず、目の前の男は声を張り上げた。

「お前たち子爵家の者にとっては、あり得ないほど、名誉な事だろう。なぜ、断るのだ」

不遜とも取れる態度だが、男にはそれが許される理由があった。

「ラブ・イジー。お前を私の側近兼、愛妾《あいしょう》にしてやろう。後宮にも入れてやる。喜ぶがいい」

そんな事を言われて喜ぶ女は、よっぽど男に惚《ほ》れていて日陰の身でもいいわと自己犠牲に酔いしれるお花畑な女か、正妻なんて面倒な立場より、贅沢《ぜいたく》と気ままな生活ができる愛妾サイコーとか思っている欲深い女ぐらいだ。

そう常々思っているラブは、自分がコイツからそう思われているのかと、心底、嫌な気持ちになった。

「ダフ・イジー。ついでにお前は私の側近兼護衛騎士だ。名誉だろう」

双子である以上、色々とラブとペアで扱われる事は多々あった。学園でも実技訓練は大体双子で組んでいるし、他の授業もグループが一緒になりがちだ。

だがそれにしたって、今回の扱いは雑《ざつ》すぎないかと、ダフは呆れる。ついでにってなんだよ、そんな誘い方で喜ぶと思われているのかと、コチラも心底、嫌な気持ちになった。双子なので、心情もシンクロしやすいのだ。

「噂によると、お前たちの兄も、優秀なのだそうだな。なんなら、お前たちの兄についても、考えてやらん事はない。だが、いくらお前たちの身内だからといって、能力がなければ側に置く事はないぞ。俺はコネで側仕えを決めたりはしないからな」

当の本人が聞いたら、紫電《しでん》を飛ばして怒りそうだと思ったが、その時はラブもダフも止める気にならないだろう。そればかりか、応援のために紫電をプラスするかもしれない。双子は紫電を出す練習ってどうやるのだろうと真剣に考えた。そんな事でも考えていなければ、目の前の男をぶん殴《なぐ》りたくなるのだから仕方がない。

ダフとラブの目の前で、腕を組んでふんぞり返っているのは、隣国ジラーズ王国の王太子、ベルド・ジラーズ殿下である。ジラーズ王家特有の燃えるような赤髪と紅《あか》い瞳。大柄な体躯《たいく》と快活な性格。ほんの少し幼さは残るが、野性味のあるその相貌はとても15歳の少年には見えない、堂々とした迫力があった。

その後ろに控えるのは、シル・リッチ。ジラーズ王国、リッチ伯爵家の三男で、ベルドの側近である。子どものように小さく細い身体だが、ベルドやラブ、ダフと同年の15歳。この華やかで騒がしい王子の側近とは思えないほど地味で、無口、無表情が常の、物静かな男だ。今は、ベルドの発言に頭が痛いのか、額に手を置いて空を仰《あお》いでいる。ベルドがやらかすたびに尻拭《しりぬぐ》いをさせられている、可哀想《かわいそう》な側近なのだ。

ジラーズ王国は、先王が身罷《みまか》り、第1王子と第2王子が後継を争っていたが、第1王子の数々の悪行が広く知れ渡った結果、非道な第1王子を糾《ただ》した第2王子が見事に王座を勝ち取った。ベルドはその第2王子の息子であり、第2王子が国王に即位すると同時に立太子した。

そんなベルドが、見聞を広めるためにとロメオ王国に留学したのは、ほんのひと月ほど前の事だ。ジラーズ王国を正しき道に導いた国王の一人息子として、ベルドの人気はロメオ王国内でも非常に高い。ジラーズ王国の王太子でありながら、まだ婚約者がいないのも、その人気の一因だろう。

だがその人気は、ベルドの言動が周囲に知れ渡るたびに、急降下していった。

この王子、とかく残念な言動が多いのだ。傲慢で狭量。話す事は自慢話ばかり、周囲の些細《ささい》な言葉に激昂《げっこう》し、怒鳴り散らす。今回のラブやダフに向けた言葉など可愛いもので、転入してきて以来、大なり小なり様々《さまざま》な揉め事を起こしている。どれも大事に至っていないのは、相手がジラーズ王国の王太子だからと、怒りを呑んで周囲が我慢しているからだ。

「どうした。喜びすぎて声も出ないのか？」

断られるはずがないと信じきった、澄みきった瞳で、ベルドは返事をしない双子に首を傾《かし》げる。

そんな心底不思議そうなベルドに、ダフとラブはチッと舌打ちをしたくなった。今の提案のどこに喜ぶ要素があったのかと、心の中で盛大にベルドを罵《のの》ってやった。もちろん、顔にも表情にもおくびにも出さない。こういう時の処世術を、ダフもラブもきちんと備えていた。

「「ワタシニハ、スギタオモウシデデス」」

ダフとラブの、心のこもらない断りの言葉がシンクロした。何かとシンクロしやすいのだ、双子だから。

「謙遜《けんそん》する事はない。身分の事なら私がなんとかしよう」

普通の感覚なら、こんな風に婉曲《えんきょく》に断れば、自然に嫌がられていると察するものだが。王族貴族というのはなんでもポジティブに解釈する機能が標準装備なのだろうか。どこぞの王太子も、ちょっと前までは側近への誘いを断っても断っても、本当は受けたいが遠慮しているとか、身分を気にしているとか、謎の拡大解釈をして、しつこくしつこく誘ってきていた。ダフとラブが、純粋にただ嫌だから断っているとは、夢にも思わなかったらしい。

だがダフもラブも大人だった。色々と参考にしたくない反面教師が周りに一杯いるので、この年齢の割に双子はたいそう理性的だった。こんな事でキレて、災害級の魔術で大人げなく相手を攻撃するような大人《ハル》には、絶対になりたくないと常々思っていた。

だから、ダフは剣も抜かず、ラブは魔術陣を練り上げず、極めて冷静に、ポジティブ馬鹿にも理解できるように、キッパリ、ハッキリと、断ったのだ。

「「私はラース侯爵家のエリスお嬢様に生涯を捧《ささ》げておりますので、ベルド殿下のお申し出はお断りさせていただきます」」

双子の言葉はまたまたシンクロした。心の底からの願いだったので、2人の言葉は寸分《すんぶん》も違《たが》わなかった。気持ちいいぐらいハモっていた。

それなのに。その断りの文句が、あんな馬鹿げた騒動を引き起こすだなんて、思いもしなかったのだ。

◆◇◆◇◆

「何を考えていらっしゃるのですか！　ベルド殿下」

シルのいつもの説教が始まり、俺はうんざりした。今日はいつも以上に怒っているようだ。

「なんだ？　何をそんなに怒っている？」

責めるような目を向けられ、俺は考えるが、シルが激怒している理由が全然思いつかない。

「この国で問題ばかり引き起こして、つい最近、ご忠告申し上げたばかりですよね？　それなのに、イジー家の双子に、あんな馬鹿な申し出をして。どういうつもりです？　他国の侯爵家の優秀な人材を引き抜くような真似《まね》をして、正気ですか？　しかも、愛妾？　正妃《せいひ》を決める前に、愛妾などと！　陛下にも許可をもらっていないのに、そんな事、勝手に決められるはずがありません」

シルにしては珍しく、長く喋《しゃべ》っている。凄いな、こいつ、こんなに長く喋れるんだ。

それにしても。俺は頬が緩むのを止められなかった。無表情で何を考えているか分からないこいつが、まさか……。

「ふっ。シル、お前、もしかして妬《や》いているのか？　俺がお前以外の側近を召し抱えようとしているから」

俺の言葉に、図星《ずぼし》だったのか、シルは絶句する。

なんだ、いつもはつんけんとしているくせに。結構、可愛いところもあるじゃないか。

「心配するな。俺の一番大事な……側近は、お前だ。愛妾の話も、ああ言っておけば、俺の申し出を受けやすいだろうと思っての事だ。子爵家の子女という身分で、未来の王の愛妾など、破格の待遇だ。ああ、もちろん、本当の愛妾として迎えるつもりはないぞ。それぐらいの待遇を約束してやるという意味で……。後宮に置いても構わんが、手は出さん。俺は、惚れた女には一途な男なんだ。政治上、側妃や愛妾を迎えたとしても、情を交わす事はない」

俺の宣言に、さぞやシルは感動しているだろうと視線を向けると、白けきった目を向けられた。なぜだ。

「……何を仰っているんですか。ロメオ王国はジラーズ王国にとって、最も大事な友好国なんですよ。陛下が第1王子を差し置いて即位できたのも、ロメオ国王の後押しがあってこそです。国内もまだ不安定なこの時期に、ロメオ王国に留学できただけでも僥倖《ぎょうこう》なのに、余計《よけい》な揉め事を起こすなど……」

なんだ、シルの奴。俺の側近が増える事に妬いているのかと思ったら、また面倒な事を考えていたのか。ロメオ王国がジラーズ王国にとって大事な事ぐらい分かっている。俺が王になった暁《あかつき》には、恩を倍にして返してやれば済む事だろうに。

「お前は本当に無駄な心配ばかりするな。俺はお前の負担を減らすためにも、有能な側近を集めたいんだ。ラース侯爵家のような、のし上がる意気地《いくじ》もない凡庸な貴族家に仕えるよりも、俺に仕えた方が、あの双子にとっても先行きは明るいだろう。イジー家はたいそうな忠義者と聞いているが、未来の王に仕える栄誉をみすみす捨てるはずがない。そのうち、イジー家の方から俺に仕えさせて欲しいと言ってくるだろうよ」

そう俺の予想を伝えると、シルは額に手を当てて俯《うつむ》いた。黒い針金《はりがね》みたいな短い髪を苛立《いらだ》たし気に掻きむしって、よく見ると、顔色も酷く悪い。なんだ、どうしたんだ？　もしや具合でも悪いのか？

「おいシル、どうした。具合でも……」

「……王太子たる貴方《あなた》が下手な行動をとれば、ジラーズ王国の失態に繋《つな》がるのです。だから慎《つつし》んでくださいと申し上げているのに。よりにもよって、あのラース侯爵家の双子に声をかけるなんて」

「何を言っているんだ。俺は生まれながらの王なんだぞ？　俺の側近になれるなら、喜んで承諾するに決まっているじゃないか」

「その根拠のない自信は、一体どこから湧《わ》いてくるのですか？　この国での殿下の評判、イマイチですよ？」

前から思っていたが。こいつ、俺に対する遠慮がないのはいいのだが、ちょっと口が悪くないか？　普段はあまり喋らないくせに、どうして罵倒《ばとう》の時だけ、これほどポンポンと言葉が出てくるのだ。もう少し会話ができればいいのにといつも思っていたが、俺が望んでいたのは、こういう事じゃない。

「ベルド殿下が、イジー家の双子を従えるのは無理です。あの双子は、もう既に主人を定めている。ロメオ王国の王太子の誘いすら断っているんですよ？　殿下の誘いに乗るはずがないじゃないですか」

シルにロメオ王国の王太子と比べるような事を言われて、俺は頭にカッと血が上った。

「それは、どういう事だ！　あの苦労知らずに、俺が劣るというのか？」

安定した国に生まれ、なんの苦労もせずに順風満帆《じゅんぷうまんぱん》に王太子となった男に、俺が劣ると？

確かにこの国の王太子には、優秀な側近が大勢いる。それはあいつの能力が上だというわけではなく、王太子の側近という立場に旨味《うまみ》があるからだ。

あの双子がロメオ王国の王太子の誘いに乗らないのは、あの男が上《うわ》っ面《つら》ばかりよくて実力が伴わないと分かっているからだろう。

「どちらが劣るという話ではなくて。他人の側近を掠《かす》め取るような真似はやめて欲しいという話をしているんです」

何を言っているんだ、こいつは。誰のために、俺が早急に側近を選んでいると思っているんだ。

「……他に側近がいないと、お前がまた無理をするじゃないかっ！」

ロメオ王国に来る直前に起こった、忌《い》まわしい事件。

俺の脳裏に蘇《よみがえ》る、恐ろしい光景。

いつも以上に真っ白な顔のシル。血塗《ちまみ》れの床。力なく崩れ落ちる、小さな身体。

あんな思いは、二度とごめんだった。シルが傷つくところなど、二度と見たくない。

「俺はもう二度と、お前が傷つくところは見たくない！」

俺の怒鳴り声に、シルは不満そうに口を閉じる。おい。なぜそこで俺を睨むんだ。これだけお前の事を大事に思っている主人に、感動するべきじゃないか、そこは。

「ベルド殿下。私はそれほど頼りないでしょうか。私が自分の仕事を他人に押しつけて、のうのうと安全圏《あんぜんけん》にいるような人間だと思っているんですか？」

「違う！　お前は、よくやってくれている。俺はただ、お前の危険を減らそうと……！」

「私はベルド殿下の護衛兼、側近なんですよ？　殿下は自分の危険を回避する事だけ考えていればいいんです。私の身は私が守ります。殿下の次に」

バッサリと切り捨てられて。俺は怒りで頭が沸騰《ふっとう》しそうだった。

「俺は、お前の事を守りたいんだ！」

あの双子ほどの実力があれば、どんな敵が来たとしても、万が一にもシルが傷つく事はない。

シルが俺の側近を続けながら、その身を守るには、有能な盾《たて》が必要なのだ。そのためには、あの双子を手に入れる。これは絶対に譲《ゆず》れない事だ。

なにせあの双子は、俺がこれまで見た中で、最も美しく、しかも強い剣士と魔術師だ。頭も悪くない。

あんな目立つ2人がいれば、地味なシルへの注目は薄れるだろう。その分、シルの安全度が上がるはずだ。

「俺は、絶対に、イジー家の双子を手に入れてみせるからな！」

腹立たしい思いで、俺はシルを残して私室に戻った。他の護衛を連れているため、シルが追いかけてくる事はない。それにさらに、腹が立った。

私室に戻った俺は、考えを巡らせた。

いつまでも自分の事を大事にしようとしないシルに、怒りはあったが、アイツの立場だったら仕方のない事だった。シルは側近として、俺を守ろうと必死なのだ。

こんな事ならば、もっと早くから、シルの他にも側近を増やしておくべきだった。王太子になってから、その考えはさらに深まった。今まではシルがいればそれでいいと思っていたが、とてもじゃないが王太子としての公務が回らない。シルは必死で働いてくれているが、学生であるがゆえに公務を軽減してもらっている今ですら、仕事を捌《さば》くので精一杯だ。

だが、今から有能な側近を選ぼうにも、ジラーズ王国は未だ不安定な状態が続いている。相手が本当に信頼できるのか、不安がつきまとった。情報も錯綜《さくそう》していて、仮に側近として雇ったとしても、第1王子派の手先ではないかという恐れは、拭《ぬぐ》い去れない。

それならばいっそ、国外から側近を迎えればいいのではないか。俺の安全を考慮して、ロメオ王国への留学を決めたのだが、この平和な大国なら、俺の側近に相応しい、有能な者が沢山いるだろう。

そこから、イジー家の双子に目を付けるまでに時間はそうかからなかった。

だが、イジー家の双子は、なかなか頷かない。俺の側近になりたくても、主家への恩義があるので、言い出せないのだろう。忠義が厚いのはいい事だが、仕えるのがあのラース侯爵家では、双子のせっかくの能力が無駄になるだろう。

どうしたら躊躇《ためら》う事なく双子が俺の側近になるのか。あいつらが、ラース家の令嬢に仕えていなければ、こんなに面倒な事ではなかったのだが。

……ラース家の令嬢か。

イジー家の双子が仕える、顔も朧《おぼろ》げな令嬢を思い浮かべて、ふと思いついた事は名案だと思った。だが、1つだけ欠点がある。シルのいらぬ誤解を、招く可能性がある事だ。

「だが、これ以上に良い手はない。シルを泣かせる事になるかもしれんが、きちんと説明すれば……」

ぶつぶつとあれこれ策を巡らせていた俺は、知る由《よし》もなかった。

「それほど、貴方にとって私は頼りない存在《側近》ですか、殿下……」

俺が退室したあと、1人になったシルが、悔しげにそんな事を呟《つぶや》いていただなんて。

シルの想いも、側近としての誇りも、何も理解していなかったのだ。

◆◇◆◇◆

「それは、……本当なのか、シル」

「残念ながら」

ジラーズ王国からの留学生であるベルドとシルは、ロメオ王宮で世話になっており、側近のシルも立派すぎる客室を宛てがわれている。その一室で、ベルドの護衛責任者であるクリスト・バーゴニーは、まるで葬式の最中のような暗い顔をしていた。

今回、ベルドの留学にあたり、クリストは国王から直々にベルドの護衛隊長の任を仰《おお》せつかった。

バーゴニー伯爵家は、歴史は浅いが、ジラーズ国王からの信が厚い臣下だ。唯一の子であるベルドの護衛の全権を、年若いクリストが任されている事からも、その信頼の厚さが窺《うかが》われる。

「正気なのか、ベルド殿下は？　ロメオ王国は、ジラーズ王国にとって大恩《だいおん》ある国なんだぞ？　なぜ問題ばかり起こすんだ」

バーゴニー伯爵家は、ジラーズ国王に忠誠を誓っているのだが、王の困った一人息子には、ほとほと手を焼いていた。王宮から離れて育てられたせいか、ベルドは王族としての自覚が乏《とぼ》しい。警戒心が強い事はいいのだが、視野が狭く、些細な諫言《かんげん》にすら、すぐに激昂する。プライドが高く、思い込みが激しく、人の意見を聞かず、周りにどう思われているかなど、考えないのだ。

「くそっ。あの馬鹿王子め。主人でなければぶん殴ってやりたい」

クリストは苛立たしげに、がんっと机に拳《こぶし》を打ちつけた。防音性の高い部屋なので、中の音は外に聞こえないだろうが、側にいたシルは、クリストの暴言が外へ漏れないかとヒヤリとした。

「ベルド殿下は、早急に有能な側近を手に入れたいと思っているようです。私では、頼りなく思われているのでしょう」

シルは悔しげに呟く。シルという側近がいて、それでも他に有能な側近を求めるのは、つまりそういう事なのだろう。

「……というよりは、お前をこれ以上危険な目に遭わせたくないと考えておられるのだろうな」

クリストの声がふっと和《やわ》らぎ、大きな手が、シルの頭を撫《な》でる。

「お前が毒に倒れた時の事を、ベルド殿下は相当堪《こた》えていらっしゃるのだ。あの時、倒れたお前に近づこうとする殿下を止めるのは大変だった。お前が回復するまで、いつもは我儘な殿下が酷く落ち込んでいらしたからなぁ。まぁ、気持ちは分からんでもないが」

「全く分かりませんよ。私が殿下をお守りするのは、側近として、当たり前ではありませんか！」

シルはカッとなって言い返した。ベルドだけでなくクリストにまで、側近としての能力を侮《あなど》られているような気がしたのだ。

「落ち着け、シル。お前ほど優秀な者を、侮る事などあるものか。ただベルド殿下は、お前の命を軽く考えるような薄情な方ではないという事だ。どうしようもない困った方だが、部下を大事になさるのは良い事だ。方法はどうかと思うがな」

「それが、私に対する侮辱《ぶじょく》だというのです」

ムッと頑《かたく》なに唇を尖らせるシルに、クリストは困ったように眉を下げた。

「ベルド殿下は、お前をそろそろ、本来の形に戻したいとお考えになられているのだろう。お前が身分を偽って、ベルド殿下のお側に侍《はべ》るのも、もう7年になる。政権争いにも決着がついて、ジラーズ王国は安定し、ベルド殿下の危険は前ほどではなくなった。陛下も、そろそろ潮《しお》時《どき》だと考えておられるのだ。俺もちゃんと、お前を俺の大事な家族として、元に戻してやりたいのだ」

シルはベルドの身を守るために、ジラーズ王国第2王子の子飼いの部下、バーゴニー伯爵家の一員である事を隠していた。バーゴニー伯爵家の者が側近につくなど、第2王子の身内の者以外ではあり得ないからだ。シル・リッチという偽名を使い、幼い頃から家族と離れ、ベルドの元で過ごしていた。クリストは、シルの実の兄である。

「兄様は、私に、元の身分に戻れと仰るのですか？」

「なんだ、不満か？　元の身分に戻ったとしても、お前はバーゴニー伯爵家の一員なのだ。殿下の側近としての立場は変わらない。それに、お前がそうしていられるのも、そろそろ限界だろう」

クリストの含みのある言葉に、シルはぷいと顔を逸らした。そんな子どもっぽい仕草《しぐさ》は、主であるベルドには決して見せないものだ。

「……分かりました」

素直に頷いているが、その表情は晴れない。クリストは苦笑した。

シルはベルドの側近という仕事に、誇りを持っている。我儘で困った主人ではあるが、今はまだ若く、経験と自信が足りないだけだ。ベルドにもいいところは沢山あるし、いずれは立派な王となるだろう。今のベルドがどれほど失敗を繰り返そうとも、彼を見捨てようと思った事は一度もなかった。クリストだってそうだ。ベルドからの叱責《しっせき》を恐れずに諫《いさ》め続けるのも、彼を思ってこそだ。

一度、主人に仕えると決めたからには、最後まで付き従えと。

それが、バーゴニー伯爵家の家訓《かくん》であり、尊敬する父の教えでもあるのだから。

シルとクリストは、その教えを胸に、ただ、一心にベルドに仕えている。

「とにかく、ベルド殿下には俺からも言い聞かせておくが。シルも学園内では、殿下が馬鹿な事をしないように、よく見張っていてくれ。手に余るようならば、陛下から釘《くぎ》を刺していただくよう、親父にも知らせておこう。何よりも……」

ぐっと、クリストは声を潜《ひそ》めた。

「あのラース侯爵家の従者に手を出すのは、まずいからな。なんとしても、阻止せねば」

そう、クリストは決意していたのだが。

彼らの主人は、側近の苦労も知らず、盛大にやらかしてくれたのだ。

◆◇◆◇◆

「エリス・ラース！　お前を私の側妃に迎えてやろう！」

ダフとラブは、自分たちをここのところ毎日追いかけ回していたその人物が、突然、大事な主人に向かって世迷言《よまいごと》を言い出したので、２人揃ってポカンと口を開けた。

学園の第１学年であるはずのベルド王太子が、第３学年の教室にいるだけでも異質だというのに。衆人環視《しゅうじんかんし》の下、とんでもない事を言いやがったので、咄嗟《とっさ》に対応できなかった。

しかもベルド王太子は、無作法《ぶさほう》にもエリスを指さしてそんな事を叫《さけ》んだのだ。それがジラーズ王国の求婚の作法なのかと、周囲はあまりの失礼さに眉を顰めていた。

言われた本人であるエリスは、わずかに青ざめて、それでも気丈《きじょう》に立っていた。気の弱い令嬢なら、その場で気を失っていただろう。

「ま……あ、ベルド王太子殿下。突然、なんのお話でしょうか……」

エリスはクラスでも大人しめの生徒だ。急に皆の注目を引く事になって、それだけでもうどうしていいのか分からず、きょろきょろと不安そうに視線を泳がせている。身分的には逆らう事のできないジラーズ王国の王太子に名指しでとんでもない事を言われ、クラスメイトからは気の毒そうな視線を向けられ、エリスは今にも泣きそうだった。

ベルドはその様子に、ふん、と鼻を鳴らして、馬鹿にしたように続けた。

「イジー子爵家の双子に、俺に仕えるように言っても、首を縦に振らない。理由を聞けば、既にお前に仕えているからだという。それならば、お前を俺の妃に迎えれば、双子は俺に仕える事ができるだろう」

なんだ、その無茶苦茶な理論はと、話を聞いていた生徒たちは全員、目を丸くする。これが一国の王太子の言う事なのかと、耳を疑う者までいる。それぐらい、あり得ない発言だった。

「あ、の……、でも、わたくし。ラース侯爵家を継ぐようにと、父に言われておりますので。嫁ぐのは無理かと」

か細い声でぼそぼそと、エリスは反論する。ベルドは聞き取りにくいエリスの声に、苛立たしそうに舌打ちした。

「一侯爵家の後継ぎなど、お前でなくとも養子でも迎えれば事足りるであろう。そんなものよりも、俺の妃になれるのだぞ、名誉な事ではないか！　だが、勘違いするなよ。俺が欲しいのは有能な側近だ。其方《そなた》はあくまで、側近を得るために迎える口実《こうじつ》でしかない。俺も側妃など迎えるのは不本意だが、イジー家の双子を召し抱えるには、こうするしかないのだからな。それが嫌なら、お前が双子に命じて、俺の元に寄こせ」

そのあまりにも酷い言い草に、ベルドの人気はさらに急降下した。王家が貴族家を軽んじるなど、他国の王族であっても聞き逃せる事ではない。

それを理解しているベルドの護衛が、必死に諫めようとするが、ベルドは全く聞く耳を持たなかった。

その時、ベルドの側近のシルが、エリスたちの教室に駆けつけた。護衛の1人が、このままではまずいと知らせをやったのだ。

「ベルド殿下！」

いつもはベルドの側に静かに控えるだけの側近の怒気《どき》も露《あら》わな大声に、皆は思わず首をすくめた。いつも物静かなシルの声を聞いたのは、これが初めての者も多かったが、変声期もまだなのか意外に高い声だった。

「貴方は！　こんなところで何をしているのです！」

自分よりも頭2つ分も大きなベルドに掴《つか》みかかる様子は、まるで母が子を叱る姿のようだった。驚くベルドの腕を引き、小さな身体で大柄なベルドをずるずると引きずっていく。

「ラース侯爵令嬢！　ベルド殿下のご無礼、私が代わりに謝罪致します。後日、正式にお詫び致しますので、どうか、ご容赦くださいませ」

「何を言うか、シル！　俺は絶対に、イジー家の双子を手に入れてみせるぞ！」

喚《わめ》くベルドを悪鬼《あっき》のような顔で睨みつけ、シルはベルドを無理矢理、教室から連れ出した。

護衛たちもシルを手伝いながら、共にベルドを引きずっていく。放せとか、俺の言う事が聞けないのか、というベルドの駄々《だだ》を捏《こ》ねる声が廊下に響き渡ったが、側近と護衛たちは、とりあえずその場からベルドを引き離した。これではどちらが主人か分からぬ有様《ありさま》だった。

「あれが、ジラーズ王国の王太子か……」

「あんなのが次の国王って、大丈夫なのか、あの国」

こそこそとクラスメイトが話し合う中、当のエリスは胸を押さえ、フラフラと倒れそうになるのを友人たちに支えられていた。

「エリス様！　申し訳ありません」

「俺たちがもっとちゃんとお断りしていたら、こんな事には」

ダフとラブが泣きそうな顔でエリスに縋《すが》りつく。

ダフとラブは、ベルドなど怖くもなんともない、面倒な事になるのなら、あんな王子など秘密裏に消してしまえばいいと高をくくっていたのだが。目立つ事が嫌いなエリスにこれほど注目が集まる事態を引き起こしてしまい、双子は自分たちの失態に狼狽《うろた》えていた。

「貴方たち、どういう事？　ベルド王太子から、側近にと勧誘されていたのかしら？」

その時、エリスに寄り添っていたレイアが、ダフとラブを問いただす。

今やブレイン王太子の最有力婚約者候補と見なされているレイアの影響力は、学園内でも高い。しかも最近は、交友関係を広げて大人しい令嬢たちとも親しげに話す姿が好感を持たれており、誰もが一目を置いている。レイアならばこの事態をなんとか解決できるのではと、皆が期待の目を向けた。

「は、はい。私に、愛妾として仕えるようにとお申し出がありまして……」

「おれ、いえ、私には、ラブのついでに護衛として雇ってやると。何度お断りしても、しつこくて」

ダフとラブが、弱々しくしょんぼりと答える。学園でも指折りの魔術師と騎士であり、優秀であると言われている2人だが、まだ高等部1年生。隣国の王太子からの執拗《しつよう》な要求を躱《かわ》す技量などあるはずもなく、美しくも幼さの残る顔が憔悴《しょうすい》しているのを見て、エリスのクラスメイトたちは、ずきゅんと胸を打たれた。俄然《がぜん》、庇護《ひご》欲を掻き立てられ、色めき立つ。

「愛妾ですって！　なんて失礼な！　いくらラブ様が子爵家の出だからといって、あんまりだわ」

イジー家と同じ下級貴族の令嬢たちが悔しげに叫べば、ダフと同じく騎士を目指す男子生徒たちが、怒りを隠しもせずに怒鳴る。

「ついでに護衛って、なんだよ！　ダフ様がどれだけ優れた剣士なのか、知らないのか？」

「その上、エリス嬢に側妃になれって。ラース侯爵家すら、軽んじているじゃないか」

クラスの雰囲気が、一気にベルド王太子に対して批判的になる。もはや収拾がつかない騒ぎになっていた。

「ダフ、ラブ……。ごめんなさい。そんな事になっていたなんて。わたくし、なんにも知らなくて。不甲斐《ふがい》ない主人ね……」

青ざめたエリスがほろりと涙を流すと、クラス中の同情が一気にエリスに集まる。皆でベルド殿下に抗議をしようとか、王家にかけ合ってジラーズ王国に直談判《じかだんぱん》しようだとか、物騒《ぶっそう》な意見が飛び出るに至って、レイアがパンパンと手を叩き、騒ぎを収めた。

「皆様、お静まりになって。下手に騒ぎ立てては、ラース侯爵家とイジー子爵家の名に、傷がつきますわ。冷静に」

その静かだが圧のある声に、皆は自然と従い、不承不承《ふしょうぶしょう》、興奮を収めていく。

「今回の件は、私からブレイン殿下にご相談致します。ですから皆様、どうか学園の生徒として、恥じるような行いは慎んでくださいませ」

特に、血気盛んな騎士志望の生徒たちを見据《みす》えて、レイアはきっぱりと言い聞かせる。頭に血が上っていた男子生徒たちも、レイアのその迫力に、青ざめてコクコクと素直に頷いている。

「あんな身勝手な事を仰るなんて、酷いわ。エリス様には、好いた方がいらっしゃるのに」

「そうよ。ようやく、叶《かな》わないと思っていた恋が、実りそうだというのに」

「エリス様、しっかりなさって。きっとブレイン王太子殿下とレイア様が、良きように取り計らってくださいますわ」

エリスを支える仲の良い友人たちが、エリスを囲んで、ほろほろと涙をこぼしている。

兄の代わりに突然女当主として立つ事になり、重圧に潰れそうになりながらも、想い人を心の支えにしているエリスを思うと、友人たちはその降って湧いた災難を、嘆《なげ》かずにはいられなかった。

◆◇◆◇◆

「素晴らしいご対応でしたわ。レイア様」

心労のあまり、倒れてしまった（事になっている）エリスは、ラース侯爵家の馬車が迎えに来るまではと、医務室に連れていかれた。

そこにレイアが顔を出すと、クスクスと笑うエリスと、悲愴《ひそう》な顔をした双子と、眉間《みけん》に皺《しわ》を刻んだ担任、シュリル・パーカーが待っていた。

「ご苦労だったな、レイア嬢。ブレイン殿下と王宮には、今回の件は報告済みだ」

シュリルがラース家の紋章のカードをひらひらさせて、苦笑する。レイアは、はあぁっと深い溜息を吐いた。

「あれで、よろしかったのでしょうか？」

「ええ。とても威厳のある王太子妃候補でしたわ。レイア様」

「やめてよ。今でも心臓がバクバクしているわ」

あらかじめ打ち合わせていたわけではないが、ラース侯爵家を守るべく動くのは、未来の王太子妃として必要だと、レイアは咄嗟に判断していた。皆を欺《あざむ》く罪悪感もあったのだが、何より、エリスの『弱々しい令嬢』の演技に笑いそうになるのを耐えるのに必死だった。

「『紋章の家』担当としては、初めてとは思えない素晴らしい働きだと思うぞ」

「なんですか、その担当。就任した覚えはございませんが」

シュリルの言葉に、レイアは目を見張って反論する。

「俺もないぞ。ラース侯爵家に一度でも関わると、いつの間にか自然と担当に任命されているんだよなー、これが」

ヤケクソ気味にシュリルが笑うが、レイアは全く笑えなかった。将来、王太子妃になったら、こんな役目を日常茶飯事《さはんじ》で担《にな》わなければならないのかと思うと、それだけで胃が痛くなる。

「それにしても。ベルド王太子は甘やかされたボンボンだと思っていたが、それ以上だったな。どうする、あんな大勢の目のあるところでの発言だと、誤魔化《ごまか》す事もできないぞ」

シュリルが苦々《にがにが》しく舌打ちした。エリスがジラーズ王国に嫁ぐなど、そんな事は万に一つもあり得ない。第一に、エリスほどの人材を他国に渡すなど、ロメオ王国が承知するはずがなく。第二以降の理由は、述べるまでもないだろう。あの狂犬執事がそんな愚行を許すはずはないだろうし、エリスの信奉者《しんぽうしゃ》である魔法省副長官だってそうだ。エリスを守るためなら、あの馬鹿どもは、国を1つ潰す事ぐらい、なんの躊躇いもなく簡単にやってのけるだろう。

「「申し訳ありません、エリス様」」

控えるダフとラブが、小さく縮こまって頭を下げる。元々、双子がベルド王太子に目を付けられたのが事の発端なのだ。

「ダフとラブは、悪くないわ。でも今度からは、なんでも事前に相談なさいね」

エリスの甘やかな叱責に、ダフとラブは「はいっ！」と素直に返事をする。子犬が主人の命に従って、全力で尻尾を振っているようなその様子はたいそう可愛らしく、エリスは目を細めて2人の頭を撫でた。ハルにはたびたび苦言《くげん》を呈《てい》されているが、双子にはついつい甘くなってしまうのだ。

「今回の件は、学園内で収めるのは難しいかもしれないなぁ」

シュリルはうーんと悩ましげに唸《うな》る。ベルド殿下は学園の生徒ではあるが、隣国の王太子で国の賓客《ひんきゃく》である。学園内で騒ぎを起こしたからといって、内容はベルドの妃に関する事だ。おいそれと教師が介入できる問題ではない。

ベルドの公式な世話役のブレインが間に入り、彼を説得できればいいが。ベルドのあの、側近さえ振りきって強行していた様子だと、かなり難しそうだ。どちらかといえば、穏やかな理性派のブレインでは、ベルドの勢いに振りきられてしまいそうだ。

「その時はどうするんだ。ラース侯爵家が実力行使をするのか？」

『紋章の家』がどのような実力行使をするかなど、恐ろしくて考えたくもなかったが、シュリルはエリスに恐る恐る聞いてみた。できれば、自分の管轄である学園内での無体《むたい》はやめて欲しい。後始末が大変そうだからだ。

「まずはブレイン殿下のお手並み拝見ですわね。上手く説得していただけたら、嬉しいのですけど。それでダメなら……」

にっこりと、エリスは微笑む。まるで教師が、生徒に優しく説《と》くように。

「ジラーズ王国の王太子殿下は、ロメオ王国預かりの留学生でしょう？」

エリスの笑みに、双子とシュリルとレイアは、ぞくりと背中が冷えた。いつもの朗《ほが》らかな笑みのようでいて、全く温度が感じられなかったからだ。

「それならば、ロメオ国王に責任を取っていただくのが、筋というものですわ」

今回は完全にとばっちりというものだが。

いつもながらに受難が絶えないロメオ国王に、シュリルたちは同情を禁じ得なかった。

◆◇◆◇◆

学園内にある特別サロンで、ロメオ王国の王太子ブレインと、その婚約者候補のレイアは向かい合っていた。

淡い金髪、輝く青の瞳。甘やかな美貌のブレインと、凛《りん》とした美しさのレイアが揃うと、まるで一幅《いっぷく》の絵画のようであるが、2人の表情は絵画には相応しくない、どんよりとしたものだった。

このサロンは王族または高位貴族の生徒のみが使用できる場所だ。身分によって使えない場所があるなど、平等を謳《うた》う学園において矛盾しそうだが、王族や高位貴族はたとえ学生であっても、賓客対応などの公務がある。学園内において、貸切りができて、ある程度の防犯性と高級感が保たれた場所は、どうしても必要になるのだ。

もう少しぶっちゃけた理由としては、いくら平等を謳っていても、王族や高位貴族の寄付金は下級貴族や平民と比べて桁《けた》が違う。これぐらいの特典がなくては、ある意味平等性は保たれないのだ。

王太子のブレインと侯爵令嬢のレイアも、時々この部屋で共に食事をとったりお茶を楽しんだりしている。学園内で堂々とデートなど、どこが公務なのかとやっかみを受けそうだが、王太子と婚約者候補の令嬢がその仲を深めるための会合は、歴《れっき》とした公務である。ゆくゆくは国王と王妃となり、共に手を携えて国を担っていくのだ。2人の仲が悪いと、国の運営に支障をきたす。

レイアにとって、ブレインとの会合は、それほど苦ではなかった。博識で勉強熱心なブレインとの会話は楽しい。父や兄を相手に政治的な議論をしているような高揚感も楽しめる。かといって仕事の話ばかりではなく、今流行《はや》りの芝居《しばい》や王都で評判の店の話題などでも盛り上がるので、相性は悪くないのだろう。

ただ、2人の間に色恋があるかと言われたら、それは即座に否定できた。そこに不満があるわけでもない。元々、レイアは結婚よりも官僚になる事を望んでいたし、結婚が避けられないとしても、政略結婚ならばそんなものだろうと思っていた。結婚して長い年月が経てば、恋や愛はなくても情は湧くだろうから問題はない。

ブレインの方はといえば、レイアほど達観しておらず、しかもごく最近、失恋していた。相手は、レイアもよく知る人物である。レイアがほぼ確定の婚約者候補として選出された際、ブレインは彼の心の裡《うち》を余すところなく伝えた。将来の妻に、隠し事はしたくないと。

ブレインの初恋の相手は、レイアの友人、エリス・ラースだった。

そう気まずそうにブレインに告白された時、レイアは特段、驚きはしなかった。それどころか、『知ってますけど』と思わずにはいられなかった。ブレインがエリスを見る時の、熱に浮かされたような目は、気持ちを隠すつもりがあるのかというぐらい、明《あ》け透《す》けなものだったからだ。エリスには一度正々堂々と告白をして、あっさりとフラれたらしいが、さもありなんと、レイアは思った。

エリスはいっそ清々《すがすが》しいぐらい権力に興味がない。王妃という、貴族の令嬢ならば誰もが夢見る社交界の頂点と言える地位は、彼女にとってはその辺の石ころのごとく無価値なものだ。

ブレインは悪い男ではない。顔立ちは整っており、有能で努力家。人を惹きつける魅力もあり、それでいて他者に呑まれない胆力《たんりょく》もある。王族としての身分を差し引いても、魅力的な人物だ。

だがどうしても、エリスの周辺にいる男たちと比べると、凡庸と思わずにはいられない。彼女の周りにいる男たちは、なんというか。人という範疇に入れておいてもいいのか躊躇うような輩ばかりだ。これでは、身分以外は凡庸なブレインが彼女の目に入らないのも、仕方がない事だと思う。

それにレイアは、ブレインがエリスに惹かれる気持ちもよく分かる。レイア自身、エリスの魅力に惹かれているからだ。

エリスには、美しい月が映された澄みきった湖や、赤からオレンジに染まった陽が沈む山間《やまあい》や、音もなく雪が降り積もる平原のような、神々《こうごう》しい、近寄りがたい美しさがある。そして女神が創りたもうた自然のように、彼女は無慈悲《むじひ》だ。あんなにも美しく残酷な者に、恐れながらも惹かれてしまうのは、人の性《さが》というものではないだろうか。

初めはレイアも、エリスのそんな特別な美しさに惹かれていたけれど、今は違う。凄いと思うし、恐ろしいと思う事も多々あるが、エリスは中身はごく普通の感情を持った令嬢で。美味《おい》しいお菓子に目を輝かせたり、流行りのお芝居に夢中になったり、恋愛相談で一喜一憂《いっきいちゆう》したり。そんな、普通の友人としてのエリスの方が、レイアは好きだった。

それに、ブレインは将来の国王だ。もしも将来、レイアとの間に子が生まれないだとか、国のために必要が生じた場合は、側妃を娶る事もあるだろう。ブレインが友人に恋をしていた事ぐらい受け入れられないようでは、王妃になる資格はない。レイアはそう思っている。

そんな恋愛的には達観したレイアと、まだ前の恋への未練が燻《くすぶ》るブレインの間で、恋愛の芽はなかなか育ちそうになかったが、将来のパートナーとしての関係の構築には成功していた。ブレインはレイアの思慮深さと向上心を好ましく思っていたし、レイアはブレインの決断の早さと視野の広さを頼もしく思っていた。

だから今回のジラーズ王国の王太子のやらかしについては、いち早く、お互いに情報を共有し、対策に当たっていた。しかし。

「あの男には耳がないのか……」

どんより疲れ果てているブレインの向かいで、レイアもグッタリとしていた。

「こちらの声は聞こえているのですから、耳はあるのでしょう。きっと、聞いた事を判断する頭がないのですわ」

辛辣《しんらつ》なレイアの言葉に、ブレインはニヤリと口の端を上げる。レイアとの会話は楽しい。ただハイハイと頷くだけの女性とは違い、ブレインが何か言えば、打てば響くように小気味《こきみ》のいい言葉が返ってくるところが好ましい。

「遠回しに告げるだけでは理解できないのかと、かなりハッキリと伝えたのだがなぁ」

ブレインは先日のベルドとの会話を思い出し、渋面《じゅうめん》になった。

「ベルド殿下。我が国の侯爵家の令嬢を、妃に迎えたいと仰ったとか……」

特別サロンで昼食を共にとりながら、ブレインはそう、率直に切り出した。ベルドの公式な世話役として、定期的に交流を持っているが、その際の会話は当たり障《さわ》りのない世間話が多い。

今回は大分《だいぶ》踏み込んだ話題だと言える。

「もう耳に入ったのか。しかし、それはあまり正確な情報ではないな」

なぜかベルドは得意そうに胸を張った。

「俺の本命はエリス嬢の侍女と侍従だ。あの双子は、身分は低いが並外れた能力を持っている。たかが侯爵令嬢の側仕えではもったいないと側近に引き抜こうと思ったが、意外に強情でな？どうやら、仕える侯爵家に義理立てているようなので、それならば、あの令嬢ごともらい受ければ問題ないと思ったのだ」

問題大ありである。ただでさえ後継ぎと決まっている令嬢を強引に妃に娶るなど、貴族家を蔑《ないがし》ろにする行為で褒《ほ》められた事ではないのに、目を付けたのが、なぜ、よりにもよってあの令嬢なのだ。こいつはそれほどジラーズ王国を潰したいのか。

ブレインは悪態《あくたい》を呑み込んで、必死に笑顔を繕《つくろ》った。笑顔が引きつりそうで大変だった。

「まぁ。侯爵家の令嬢とはいえ、なんの取り柄《え》もなさそうな、地味な女ではあるが。俺の後宮の末席にでも置いておけば、面目《めんぼく》は立つであろう。妃に迎えるとしてもお飾りに過ぎないがな。いずれ迎える正妃との間に子が生まれなければ、寵愛《ちょうあい》も、考えてやらん事はないが……」

肩をすくめるベルドに、ブレインは憐《あわ》れみを感じた。知らないというのは、なんと残酷で無防備な事なのか。国が荒れていたとはいえ、妃に迎えようとしている相手の事を、調べたりしないのだろうか。

いや、調べたとしても、表面的な事しか出てこないのだろう。ロメオ王国内でも、一部の重臣以外にとって、ラース侯爵家はごく普通の貴族家なのだから。

「だが、ラース家はその令嬢が家を継ぐ。ラース侯爵もそんな理由でエリス嬢を妃にするなどと知ったら、承諾しないだろう」

「は、馬鹿な。たかが一貴族が王族に逆らうなど許される事ではない。それに、王家に嫁ぐのだ。侯爵家を継ぐより誉《ほま》れであろう。貴族の女なら、誰でも飛びつくさ」

「たかが一貴族？　相手は臣下といえ、そのように侮るのは褒められたものではないな」

批判的な言葉に、ベルドはギラギラとブレインを睨みつけ、口の端を歪《ゆが》めた。

「ブレイン殿下もあの双子を側近にと、熱心に誘っていたと聞いた。横から掻っ攫われるのが、それほど悔しいのか？」

確かにブレインがイジー家の双子を側近に迎えようと、熱心に誘っていたのは周知の事実だ。しかし、ラース家の実情を知った今は、それは不可能な事だと理解している。

ただ、ドーグ・バレの事件の後処理で、ラース侯爵家に確認する事柄があり、双子の勧誘を口実にしてエリスを呼び出した事が何度かあった。平凡を装うエリスと学園内で接触するには、それが一番自然な理由だったからだ。

だがそれが、ベルドが双子に目を付ける契機となっていたとしたら。

ベルドはなぜか、ブレインに対して敵愾心《てきがいしん》を持っている。今回のようにあからさまに挑発された事はなかったが、言葉の端々《はしばし》にそれを感じる事があった。

ベルドがブレインへの対抗心から、双子に目を付けたのだとしたら。

そうであれば、これは明らかにブレインの落ち度である。ラース侯爵家に申し訳ない事をしたと、ブレインは罪悪感を覚えた。

「残念だったな。あの双子は俺がもらう。ブレイン殿下には、優秀な側近が揃っているのだから、問題ないだろう」

ベルドは嘲《あざけ》るように、ブレインに向かって笑みを浮かべた。その様子は、ブレインを出し抜いてやったと悦《えつ》に入っているようだった。

結局、ブレインがどれほど諭《さと》しても、ベルドが双子を諦《あきら》める事はなかった。それどころか『ラース侯爵と面談する機会を設けよ』とまでブレインに要求して、勝手に会食を切り上げて席を立ってしまった。他国の王子にとる態度ではない。

ベルドの側近であるシルと、護衛のクリストは、青ざめながら何度もブレインに頭を下げた。ベルドは絶対に自分が止めると悲壮な顔をしていたが、彼らはロメオ王国の王太子に暴言を吐く主を止める事もできないのだ。期待は薄かった。

ブレインは頭を抱えた。ベルドがジラーズ王国の王太子でなければ、ぶん殴ってでも止めるのだが、こんなのでも国賓なだけに、命じる事もできない。厄介だ。

例えば、ベルドがエリスを見初《みそ》め、妃に迎えたいと真摯に言い出したのなら、まだ救いはある。ラース侯爵家とて他の縁談と同じように、常識的に対応してくれるだろう。ベルドが教室でやらかした公開プロポーズも、若さゆえの行動だったとして、なんとか寛容な態度を示してくれたかもしれない。約1名、面倒な男を除けばだが。

だがベルドは、メインは双子で、あくまでオマケとしてエリスを娶ろうとしている。それを公言して憚らない。そんな愚行をラース侯爵家が受け入れるはずもなく。そればかりか、イジー子爵家をはじめとするエリスを慕う者が、こぞって反抗するだろう。もちろん、約1名の面倒な男が、率先して。

ベルドの頑なな態度に、ブレインは溜息を吐いた。初めて会った時から、ベルドはブレインに対して、なぜか挑発的だった。ロメオ王国がジラーズ王国を支援している事に負い目でも感じているのか、やたらと虚勢を張っているように見える。

事あるごとに、ベルドは自分の境遇がいかに危険で不幸であったかを、ブレインに訴えてくる。父の政敵に命を狙われ、母の実家である公爵領に隠れ住んでいた間、王都にも戻れず、惨《みじ》めな思いをしてきたと。

まるで『安定した大国に生まれ、のうのうと王太子をしてきたお前とは違うのだ』と、ブレインを下に見ているようだった。直接口に出すわけではないが、しきりに『ロメオ王国ではそのような事はないのでしょう、羨《うらや》ましい』などと言われれば、嫌でも察する。

「なんなんだ、あいつは。ブレイン殿下に対して失礼すぎる！」

「全くだ。殿下がまるで苦労知らずのように侮辱するなど、許しがたい！」

ベルドと交流を図る時にいつも付き添う、側近のライト・リベラルとマックス・ウォードなどは、ブレイン以上に憤慨《ふんがい》している。ブレインが王となるために努力している事を、彼らは共にいて知っている。その立場が、いかに重く、多大な努力なくしては成し得ない事を。

ロメオ王国は確かに、ジラーズ王国に比べてはるかに安定した国だ。ブレインの父をはじめとする代々の国王たちの尽力で、ここ数十年は大きな戦もなく、大きく発展を遂げていた。政情の不安定さゆえの命の危険は、ベルドに比べて少なかったのは事実なので、苦労知らずと言われればそれまでだ。

その苦労が少なかった分、ブレインは将来の王としての責務を忘れた事はない。幼い頃から、学業や鍛錬を積むのと同時に、王太子としての公務を担ってきた。国のために、民のために働いてきたという自負がある。

ブレインにしてみれば、自分をさも苦労人のように語るベルドが滑稽《こっけい》だった。常に危険に晒され、逃げ隠れして暮らしていたベルドの事を気の毒だと思うよりも、その間に放っておかれた民の方が気の毒だと思う。国が荒れ、王族が政務を疎《おろそ》かにすれば、一番に被害を受けるのは民だ。過去の苦労を嘆くよりも、民のために1日でも早く国を立て直そうと専念するのが、王族としての務めだろう。そこに考えが至らないベルドがジラーズ王国の次期国王だと思うと、先行きが思いやられる。

今回の騒動について、ブレインはそれほど驚いてはいなかった。それぐらい、ベルドの短慮さは顕著《けんちょ》だった。ベルドはこれまで苦労をしてきた分、自分は報《むく》われるべきだと思っている。命の危険に晒され、隠れて過ごした日陰の身から、ようやく王太子になったのだ。ベルドが望めば、喜んで周りがなんでも差し出すと思っているのだ。

ベルドには今のところ、シル・リッチ1人しか側近はいない。小柄で地味であるが、その働きぶりは忠実で勤勉。だがいくら有能でも、王太子の側近が1人というのは少なすぎる。いずれは王となる身であれば、幼少の頃から複数人の側近が選ばれるものだ。ブレインにも、同学年はライトとマックスだけだが、他にも側近が何人かいる。彼らはブレインよりも年上なため、既に学園を卒業している。それでも公務を補佐するにはギリギリだ。ブレインが即位したら、さらに数人の側近を付ける予定で、選定に入っているところだ。

「ベルド殿下は焦《あせ》っているのかもしれないな。ようやく国が安定し、身の安全が確保できたと思ったら、自分を支える必要な人材が育っていない。だからあのように、躍起《やっき》になってイジー家の双子を求めているのだろう」

ブレインがやや同情交じりにそう言うと、レイアは疑わしそうに答えた。

「それにしても、側近がたった1人とは少なすぎではありませんか？　ジラーズ王国の第1王子派が、失脚するまでは優勢だったとしても、第2王子派の派閥が小さかったわけではありません。第2王子のお子はベルド様ただお1人のはず。次代の王になるかもしれぬ方のために、どうしてもう少し、人材を集めなかったのでしょう」

「確かに……、少なすぎる……な？」

何度か会った事があるが、ジラーズ国王には側近が複数人いた。なぜ自分の息子にはシル1人しか付けなかったのだろうか。

「ベルド殿下の性格から、もしや側近を選《え》り好《この》みされたのでしょうか。ご自分に相応しい者しか選びたくなかったのでは」

レイアの指摘を即座に否定できないのは、ブレインもあり得ると思ったからだ。卑屈《ひくつ》なのにやたらとプライドが高いから、優秀な者しか側に置きたくないと、選り好みをしたのかもしれない。それで、側近が育たなかったのか。

「それにしても、どうしたものか。このままでは父上や『紋章の家』に報告できる成果は何もないな」

「……」

ブレインの不安そうな呟きに、レイアも沈黙する事しかできなかった。

あいつの友人に、笑顔で怒られそうだと、重い溜息が出た。

◆◇◆◇◆

逃げたい。

国王の座に就《つ》き、賢王《けんおう》と讃《たた》えられてもう20余年。そんなロメオ国王が、凶悪な魔物に出くわした新兵のように、脇目も振らずに逃げ出したい気分になるのは、この貴族家に関わった時だけである。

彼の前には、ふくふくとした笑顔のラース侯爵。楚々《そそ》とした控えめな笑顔の娘エリス。笑顔なのに殺気を隠さないエリスの専属執事、ハル。この専属執事は、いつだって殺気を垂《た》れ流しているが、不敬だとか危険だとか言うのは諦めた。いつもの事だからだ。

ラース侯爵家。長年ロメオ王国を支える、有能で稀《け》有《う》な高位の貴族家である。王家の盾になる事もあり、剣として働く事もある。気が向けばだが。

それ以上に、怒らせると何をするか、全く分からない家臣なのだ。王家を潰す事だって、朝食の卵をゆで卵からスクランブルエッグに替えるぐらいに、気軽にやってのけそうだ。家臣なのに。

ラース侯爵家との付き合いのコツは、深入りせず、軽んじず。機嫌を損《そこ》ねないよう、細心の注意を払いながら利益のおこぼれをもらう。これに限る。

口の悪い宰相《さいしょう》などは、酒場の女との付き合い方と一緒だと笑っていたが、アイツの交友関係はどうなっているのか。若い時分の気分が抜けず、未だに城下の酒場をウロついているのか。いつかアイツの奥方にチクってやろう。そんな八つ当たりをしたくなるぐらい、国王の心は荒《すさ》んでいた。

それはともかく。ラース侯爵家は、決して手中に収めようとか、意のままに操ろうとか、謀《はか》ろうとか考えてはいけない。たとえ相手が幼子《おさなご》であろうとも、あの家の者ならば、取り扱いには細心の注意を払わなくてはならない。

そんな事を思いながら、国王は精一杯威厳がある風を装って、口を開いた。心臓はバックバクだが、悟《さと》られてなるものか。

「ラース侯爵よ。此度《こたび》の件、ブレインとレイア嬢から、報告は受けたのだが……。さて、その方らは、余《よ》に何を望むのだ？」

ラース侯爵家の者に要望を聞く時は、率直に聞く事が望ましい。なんせ彼らの価値観は、一般的な貴族とはかけ離れている。こういった事を望んでいるだろうとか、こうした褒美《ほうび》を喜ぶだろうとか、およそ、他の貴族が望みそうな事には、全く興味を示さない。たまに、本当にそれでいいの？　という、ぶっ飛んだ望みを持っている事もあるので、率直に聞く方が早いし、正確だ。

「そうですねぇ。エリスはベルド殿下の側妃になる事を望んでおりませんので、穏便にお断りいただけたらと」

のほほんと話すラース侯爵に、エリスはにこにこ微笑みながら首肯《しゅこう》する。その優しい笑顔が怖い。なぜか、背中が冷え冷えとする。

専属執事に至っては、さっさと侯爵の言う通りに働けと言わんばかりの目つきだ。お前がやらないなら、あの国を自分が潰すぞと言っているようにも読み取れる。目は口ほどにものを言う。恐ろしいほどに分かりやすい。

まあ、この答えは予想していた。ウチの国の王族に嫁ぐのも嫌がるぐらいなのに、未だに色々とキナ臭いジラーズ王国に、嫁ぎたいと思うはずがない。

「そ、そうか。ラース侯爵家を継ぐのはエリス嬢だと決まっているものなぁ。側妃など、困るよなぁ。うん」

貴族の後継ぎは大事な問題だ。色々あって、ラース侯爵家は兄のハリーから妹のエリスに後継ぎを変更したばかりなのだ。これ以上揉めると、ラース侯爵家が目立つ事になりかねない。それは望んでいないだろう。

「それと。イジー家の者は、引き続きラース侯爵家に仕えたいと望んでおります。私としましても、彼らの意思を尊重したいのです」

「うんうん、そうであろう。イジー家ほどの忠義者が、今さら、長く仕えた主人を変えるなど、不本意であろうよ」

そもそも、あの『静謐の狂気《シュウ・イジー》』をはじめとする曲者だらけのイジー家を、ラース家以外がどうやって従わせるというのか。彼らを召し抱えたが最後、あっという間に傀儡《かいらい》にされ、地位も名誉も金も全て奪われ、主従が入れ替わっているだろう。イジー家はラース侯爵家に心酔しているから、大人しく仕えているのだ。誰にでも従順ではない事ぐらい、目の前で殺気を飛ばしている『狂犬執事《ハル・イジー》』を見れば、分かるだろうに。

「ブレイン。ラース侯爵家の意向は分かったな？　それで、ベルド殿下はどうお考えなのだ？」

王太子ブレインは、ロメオ王国においてベルド殿下の公式な世話役だ。次代の国王同士、友好関係を結んでいた方が将来的には良いだろうと、国王が任命したのだが。自由奔放なベルドに、ブレインは手を焼いている様子だった。

「私も、何度もラース家の現状を話して、考え直すようにベルド殿下を説得したのですが。ベルド殿下は、ラース侯爵家への婚姻の申し込みについて、撤回なさるお気持ちはないようです。逆に、ラース侯爵へ正式に申し込むので、面談の手配をしろと要求されました。できなければ、自分が直接、ラース侯爵家へ押しかけると……」

申し訳なさそうにブレインが告げると、ラース侯爵家の空気がわずかに変化した。

「まぁ。本当にダフとラブを気に入っていらっしゃるのね。わたくしのようなつまらない女を娶ってまで、仕えさせたいだなんて」

エリスが微笑めば微笑むだけ、周囲の気温が下がっていくような気がするのは、気のせいだろうか。

「おやおや。ベルド殿下は随分と情熱的ですなぁ。我が家へ押しかけるなどと」

ラース侯爵は落ち着いた様子で、相変わらずのほほんとしている。否。多分、ラース侯爵はベルドにさっぱり興味がないのだろう。至極、どうでもよさそうだった。

ハルはなぜか、懐《ふところ》から取り出した剣を、おもむろに磨《みが》き出した。やたらと大きな、ギザギザした刃の凶悪な剣だ。それをとても清々しい笑顔で磨いている。凛とした美青年が、山賊《さんぞく》が持っていそうな剣をニコニコと磨いているのは、不気味《ぶきみ》なことこの上なかった。

ハルの凶器を見た近衛兵《このえへい》たちがざわざわと動揺する。この執事は、謁見《えっけん》の間に入る前に、入念なボディーチェックを受けたはずだ。それなのにどうして、これほど凶悪な武器を持ち込んでいるのか。一体どこに隠していたのか。近衛兵たちは国王やブレインを守るために、一歩前に出て、臨戦態勢をとった。

逆に、国王や王太子の側に控える影たちからは、諦めたような乾いた笑いが漏れていた。これまで何度もラース侯爵家と関わってきた影たちは、彼らの異常性を、身をもって理解している。ラース侯爵家に関わる時は、死を覚悟せよというのが影たちの共通認識だ。凶悪な武器を隠し持っていたぐらいで、動揺するはずもない。

むしろ、まだ武器を見せつけているぐらいなら、攻撃よりも威嚇《いかく》を目的としているのだろうと、警戒を解いたぐらいだった。あの執事が本気で殺《ヤ》る気なら、こっちが構える間もなく魔術で殲滅《せんめつ》しているだろう。

緊張する近衛兵と、弛緩《しかん》する影たち。どちらを諌めるべきかと、国王は悩んでいた。ハルを咎《とが》めるのは、最初から選択肢にない。咎めても無駄だからだ。

「エリス様」

その時、涼やかな声がエリスを呼ばわった。

声の主であるレイアが、ほんの少し眉を下げて、困り顔を友人に向ける。

「貴女の執事が、陛下の御前《ごぜん》で、無粋《ぶすい》な真似をしているわ」

レイアの言葉に、チラリとエリスがハルに視線を向ける。

「ハル」

その一言だけで、ハルは手にした剣を瞬《またた》く間に消し去り、レイアに向かって恭《うやうや》しく頭を下げる。

「これは、これは。私とした事が、女性の前で無粋なものを……。失礼致しました、レイア様」

なんと。あの狂犬執事が分を弁《わきま》えた行動をしたばかりか、エリス以外の者に頭を下げた。

国王はその事に、なんだかとても感動した。

色々と事情があってブレインの妃に選ばれたレイアだったたが、国王は改めて評価し直した。レイアはエリスとの仲も良好だと聞いている。あのエリスと友人関係を築けるとは、なんと素晴らしいのか。こうなれば、なんとしてもブレインに嫁《か》してもらい、ラース侯爵家と王家との架け橋になってもらわなくては。

友人のレイアが間に入れば、エリスとの交渉も少しは楽になるはずだ。ラース侯爵家と穏やかな関係を築ければ、謁見の前日に胃がキリキリと痛む事も減るに違いない。なんていい嫁だ。絶対逃がさんぞ。

未来に希望が持てた気がして、国王は思わずニコニコとレイアに笑顔を向けた。国王から突然友好的な笑顔を向けられたレイアは戸惑《とまど》ったが、国王相手に問いただすことなどできるはずもなく、ただ不思議そうに首を傾げていた。
一方、ブレインはなんだか落ち着かない気持ちだった。
フラれたとはいえ、一度は想いを告げたエリスと、妃候補であるレイアが同じ場に揃ってい
るのだ。何も悪い事をしているわけではないが、まるで妻と愛人に挟《はさ》まれた男のような気分だ
った。しかも、レイアとエリスは友人関係にあるのだ。落ち着けるはずがない。
内実はエリスにもレイアにもなんとも思われていないのに、無駄な心労を抱えているブレイ
ンだった。
「とりあえず、一度、ベルド殿下と話をしてみるか。エリス嬢の父であるラース侯爵からハッ
キリと断られれば、ベルド殿下も潔《いさぎよ》く諦めるかもしれない。余が、エリス嬢がラース侯爵家
の後継ぎであると認めているのだから、妃になるのは無理だと伝えよう。さすがにそれで理解
するだろう」
国王がそう気軽に言うと、ブレインとエリスは懐疑《かいぎ》的な表情を崩さなかった。
あの頑ななベルドが、そんなに素直に言う事を聞くだろうか。王太子であるブレインが何度
も懇切丁寧《こんせつていねい》に説明したのに、全く譲歩する事がなかったのだ。たとえエリスの父親であるラー
ス侯爵に断られても、国王が口添《くちぞ》えをしても、こじれる気がしてならない。
普通はブレインに窘められた時点で、引くべきなのだ。他国に留学している立場で、その国

の王太子との間に揉め事などを起こす事自体、あり得ない。ベルドがロメオ王国ですべき事は、勉学は別にしても、一番はロメオ王国とジラーズ王国の関係を強固にする事だ。それが分からぬほど頭が悪いわけでもないだろうに。なぜあれほどイジー家の双子を側近にする事に固執《こしつ》しているのか。

「陛下。ジラーズ国王に事情をお伝えして、お諫めいただくのはいかがでしょうか」

ブレインが念を入れてそう進言すると、ロメオ国王は頷く。

「そうだな。ベルド殿下と話したあと、ジラーズ国王には事後報告として書簡を送ろうか。まぁ、他国の地でそれ以上の無茶をするほど、ベルド殿下も道理の通らぬ方ではなかろうが」

そう、楽観的に考えていた事を。ロメオ国王はのちほど、酷く後悔した。

◆◇◆◇◆

「ラース侯爵よ。其方の家に仕えるイジー家を俺に譲れ。受け入れるならば、其方の娘、エリス・ラースを俺の妃としてやろう」

ああこりゃダメだ。

改めて設けられた対談の場で。

ベルドが挨拶《あいさつ》もそこそこに、ラース侯爵にそう宣言した瞬間、ロメオ国王は匙《さじ》を投げた。

再び集まった、国王、ブレイン、レイア、ラース侯爵とエリス。そして今回はハルだけでなく、当事者であるダフとラブも呼ばれていた。

ダフもラブも、ベルドの発言にガルガルと威嚇するような目を向けていた。学園で聞いた時は呆れすぎて何もできなかったが、今日は違う。諸悪の根源を根絶するために、仕込みはバッチリだ。物騒な暗器《あんき》も魔術陣も、ハルに手ほどきを受けて隠し持ってきた。ちゃんと王宮内のボディーチェックも潜り抜けたのだ。ハルはそんな双子の成長に、目を細めて頷いている。

ベルドは双子の殺意には気づかず、満足そうだ。今日この場に双子を連れてきたという事は、2人をベルドに引き渡す気になったのだろうと、勝手に解釈していたのだ。

「ああそれから。お前の娘を俺の妃として迎えたからといって、将来、ジラーズ王国の王妃になれるなどとたいそうな夢を持つのはやめておけ。あくまで、お前の娘は側妃の1人だ。俺の正妃はもう決まっているからな」

偉そうに言い放つベルド。

国王は、ちょっとだけベルドの正妃は誰なのだろうと気になったが、そんな事よりベルドの命が風前《ふうぜん》の灯《ともしび》だ。こんな災厄《さいやく》をもたらす面倒なガキ、どうなろうと知った事ではないが、一応、隣国からの大事な預かりものだ。こんなのでも、人知れず失踪《しっそう》などと物騒な事になったら、国際問題である。もしもの時は、全力でラース侯爵家から守らねばならないと、国王は溜息を吐く。

初めて対面した時は、身の程《ほど》を弁えない、阿呆《あほ》そうなガキだと思っていたが、そればかりか、ベルドは外交とか自分の立場とかを、何も考えていない馬鹿だった。これに比べれば、ウチの息子のなんとできた事か。

これで王太子が務まるというのなら、ウチの子は神童《しんどう》レベルの天才じゃなかろうか。もう少しブレインの王太子教育を緩めてもいいかもしれないと、国王はしみじみ思ったのだ。

「ベルド殿下、おやめください！」

「お言葉が過ぎます、殿下！」

ベルドの側に控える側近シルも護衛のクリストも、青ざめてベルドを諫める。しかし、ベルドは全く聞いていない。それればかりか、彼らを叱りつけていた。

「うるさいぞ、シル、クリスト。これはシルの負担を減らすためでもあるのだ。この俺に、側近がたった1人だという事が、そもそもおかしいのだ」

「それでしたら、ジラーズ王国にも有能な者はおります。王に願えば側近など、いくらでも揃えられましょう。わざわざロメオ王国の方に無理《むりじ》強いをして、召し抱える必要はございません！」

「何を言う、クリスト。お前も知っているだろう。イジー家の双子は他の者より抜きん出て有能だ！　このような逸材《いつざい》を、たかが凡庸な侯爵家の令嬢に仕えさせるなど、宝の持ち腐《ぐさ》れではないか。俺にこそ相応しい」

ベルドの発言は、一々、地雷《じらい》を踏み抜いている。イジー家の双子は既に隠そうともせずに、揃って殺気を漲《みなぎ》らせていた。大事な主君を貶されたのだ、当然の反応だ。ここは暗器の出番かと、ダフが懐に手を入れようとしたが、ハルが笑顔で止めた。珍しく理性的なハルに首を傾げるダフだったが、その隣でラブは冷や汗をかいていた。

なんだかもの凄くヤバイ魔術陣がハルの足元に展開している。全く見えないが、この部屋がまるごと吹っ飛びそうなヤバイやつが。心なしか、国王たちの側に控える影がざわついている。ラブ同様、魔術陣の気配に気づいているのだろう。

ハルがラース侯爵やエリスを傷つけるはずはないだろうから、大事な人間に完璧な保護をした上での魔術展開だろう。しかし、その保護の範囲に自分たちも含まれているかどうかは、定かではない。兄の性格上、含まれていない可能性が高い気がする。ラブは慌てて自分たちを保護する魔術陣を練り上げ始めたが。

ピシッと、軽い音がしてハルの魔術陣が霧散《むさん》した。エリスが上目遣《うわめづか》いにハルを睨んでいる。物騒な魔術陣をエリスが無効化したようだが、ハルは反省するどころか、デレッと相好《そうごう》を崩していた。

多分あれは、エリスの上目遣いが可愛いとか、そういう事を考えているのだろう。残念な兄はどこまでも残念なのだと、ラブは命の危機が去ってほっとすると同時に空《むな》しくなった。

そんな命の危機に晒されているいると気づいてもいないベルドは、未だ堂々と勝手な発言を続けていた。

「エリス嬢の輿入《こしい》れは卒業後で構わないが、イジー家の者はすぐにでも俺の元へ寄こせ。俺の側近としての仕事を、早めに覚えてもらわなければならないからな」

「ベルド殿下。其方の振る舞い、いささか自由が過ぎるのではないか。ここがどこの国か、分かっていての発言か」

そのあまりに傲慢な物言いに、国王は声を重くして諫めた。ロメオ王国の貴族を軽視する発言は、国王としても見逃す事はできなかった。

「何を仰います、ロメオ国王。私がロメオ王国の貴族令嬢を娶れば、両国の仲はさらに堅固《けんご》なものになりますでしょう。喜んで賛同いただけると思っていましたが、まさか、我が国を軽んじるおつもりでしょうか」

狡猾《こうかつ》に目を細めるベルドに、国王は鼻で笑いたくなった。

なんだ、その稚拙《ちせつ》な脅《おど》しは。まさかそれで、ロメオ国王であるワシが、納得して引くとでも思ったのだろうか。

「ほう……。ベルド殿下は我が国の貴族との婚姻が為《な》されなければ、両国の仲が壊れるとお思いなのか。それほど、我が国とジラーズ王国の関係は脆《もろ》いものとお考えか」

冷徹な目を向ければ、ベルドは焦ったように目を逸らす。

ロメオ国王は表には出さずに鼻で笑う。若造が、格が違うわ。

「……だ、だが！　私も王太子だ。一度娶ると言ったのだから、それを簡単に覆《くつがえ》すような事はしない。ラース侯爵家も娘が妃になる事は、誉れであるはずだ。その方が、侯爵家にも利があるだろう？」

突然、水を向けられ、ラース侯爵はいつもの福々《ふくぶく》しい笑顔で首を傾げる。

「いやいや。私どもはそのような大それた望みなど、持ってはおりませんよ。何より、エリスは我が侯爵家の後継ぎと決まっております。それに、この子はいささか内気で、人見知りをする娘でしてな。とてもとても、ベルド殿下の妃などという大役は、務まりませんでしょう」

見かけも中身も狸《たぬき》なラース侯爵は、一見すると謙虚にベルドの申し出を辞退する。その後ろでエリスが、ラース侯爵の陰に隠れるようにして、気弱な表情を見せていた。一応、まだ、平凡な外面《そとづら》を保っているようだ。

「……この俺が、お前の凡庸な娘を、娶ってやろうと言ってるのだぞ？」

ベルドの低くなる声にも、ラース侯爵はゆるゆると首を振る。その後ろでエリスがプルプルと震《ふる》えている。エリスを労わるようにハルと双子が寄り添っていた。その姿は、侯爵家が一丸となって、気弱な令嬢を守っているようにも見える。

まさかその裏で、ベルドの無礼な発言のたびに、ハルが物騒な魔術陣を展開し、それをエリスが無効化する、を繰り返しているとは、夢にも思うまい。

「恐れ多い事でございます。ご辞退させていただきます」

頑ななラース侯爵に、とうとうベルドは、激昂して叫んだ。

「つべこべ言わずにお前の娘を差し出せ！　イジー家の者たちもだ！　これはジラーズ王国、王太子としての命令だ！」

「……はて。それに従う理由は、私どもにはございませんな。私はロメオ王国の貴族。私が忠誠を誓うのは、ロメオ王家です。他国の王太子様である貴方様を敬う気持ちはございますが、命令される筋合いも、それにお応えするつもりもございません」

ラース侯爵は穏やかに、だがキッパリとベルドに対して言い切る。他国の王族に対しても、毅《き》然《ぜん》と立ち向かう父親の姿を、エリスが感動したように両手を組んで見つめていた。イジー家の者たちも、頼もしいラース侯爵の言葉に、うんうんと頷いている。

一方で、ロメオ国王は、ラース侯爵の真摯な言葉に内心呆れていた。ラース侯爵の、真面目そうな、誠実そうな顔も相まって、まるで王家に忠実な臣下のようではないか。忠誠など誓われた事は、ただの一度もなかったと記憶しているが。ラース侯爵家の者たちは、芝居も上手いのだなぁと、どうでもいい事に感心していた。

「……この俺の命令が、聞けないというのか！」

「聞く筋合いはございませんと、申し上げております。私は、貴方様の臣下ではありませんので」

ラース侯爵の言う事は、至極もっともではあるのだが。今のベルドには悪手《あくしゅ》だった。

激昂するベルドの顔が、真っ赤に染まる。ベルドは手袋を脱《ぬ》ぐと、それをラース侯爵に投げつけた。

「……っ！」

誰かの、息を呑む声が聞こえた。

「この俺に、逆らう者は許さん！　決闘だ、ラース侯爵！」

◆◇◆◇◆

しばらく、ベルドの荒い息だけが室内に聞こえていた。

ラース侯爵は地面に落ちた手袋を拾い上げ、呆れたように溜息を吐く。

「決闘、でございますか……？」

チラッと国王に目を向けるが、困惑しながらも、受けなくてもいい？　とでも言いたげな面倒そうな顔に、国王は顔をしかめる。

手袋を相手に投げつけるのは、ロメオ王国でも、ジラーズ王国においても、正式な決闘の作法である。たとえ相手が阿呆な他国の王族でも、無視できるものではない。

「正気か、ベルド殿下。我が国で決闘騒ぎを起こすなど……」

「ロメオ国王、なんと言われようと、俺は取り下げる気はない」

目をギラギラさせたベルドは、全く引く様子を見せなかった。こうなると、理由が言いがかりに近かろうが、正式な作法であるがゆえ、他国の王太子相手に国王命令で決闘を取り消せとは言いがたい。他国の王族への命令権は、ロメオ国王といえども、ないのだから。

「……あい分かった。決闘を認めよう」

国王の重々《おもおも》しい言葉に、とうとうエリスが耐えきれなくなったように、フラッと倒れる。

「エリス様！」

ハルが慌ててそれを抱き留め、双子が飛びついてくる。

「……エリス嬢には限界のようだな。ベルド殿下。今日のところは引いてもらおう。決闘については、準備が整い次第、ご連絡しよう」

国王の固い言葉に、ベルドはフンッと鼻を鳴らし、気を失うエリスを面倒そうに一瞥《いちべつ》した。

そこには倒れた女性に対する配慮など、全く見られなかった。仮にも妃に迎えようと申し出ている女性に対して、見せる態度ではない。

「仕方あるまい。今日は引こう。だが、ラース侯爵。逃げ隠れなどするんじゃないぞ。正々堂々と、戦うがいい」

ベルドは、用は済んだとばかりに足音荒く去っていった。その後ろを、真っ青どころか、真っ白な顔のシルとクリストが追っていく。年若く、経験の浅い2人では、ベルドのように激しやすい主人を止める術《すべ》がないのだろう。

ジラーズ王国の者たちが去って、室内に痛いぐらいの沈黙が広がる。

「あーあ。面倒な事になった」

その沈黙を破ったのは、ラース侯爵の面倒そうな声だった。

「ホホホ。決闘だなんて。随分と堪え性のない、子どものような事を仰いますのね」

気を失ったふりをしていたエリスが、パチリと目を開いた。ハルの腕に抱かれたまま、楽しげに笑い声を上げる。

「ハル、下ろして」

エリスがハルに促すと、ハルは笑顔のまま首を振る。

「いいえ、エリス様。馬鹿の不愉快な発言に晒されて、さぞ心を痛められたでしょう。ご気分が良くなるまで、いつまでも私がお支え致します。どうぞ、遠慮なく全身の力を抜いて、私に寄りかかり、お寛ぎください」

エリスを腕に抱き、蕩《とろ》け切った笑顔で言い切るハルに、ダフとラブが「キモッ」とうっかり本音を漏らす。双子だから心情がシンクロしやすいのだ。

いつものように、エリスが「気持ち悪いわ、ハル」とバッサリ切り捨て、それを喜ぶハルを見て、さらに実の兄に対して気持ち悪さが募《つの》ると思ったのだが。

「……そう。それじゃあ、ハル。落とさないでね？」

頬を撫でられ、吐息《といき》交じりにエリスにそう言われ。ハルの身体がガチンと固まり、動きを止める。

クスッと笑ったエリスは、固まるハルの腕から逃れ、するりと地面に降りた。

「これこれ。王の前ではしたないよ、エリス」

「あら、失礼致しました」

父からの注意もサラリと流し、エリスは悠然《ゆうぜん》と王に微笑む。王はこいつらがマイペースなのはいつもの事だと、手を振って気にするなと流した。

「それで……。お父様。決闘をお受けになるのですか？」

「ええー。面倒だなぁ。受けたくないねぇ」

まるで子どものように、唇を尖らせるラース侯爵。

「そういうわけにもいかないでしょう、ラース侯爵。ああなったベルド殿下は、絶対に引かない」

ブレインがげんなりした顔でそう言うと、その横でレイアがうんうんと頷く。ここ数日、2人がかりで何度もベルドを説得したが、徒労に終わった。決闘を有耶無耶《うやむや》にしたら、ラース侯爵だけでなく、ブレインとレイアにも、しつこくつきまとうに違いない。

「あの方に、まともな交渉など通じませんわ。理解力が乏しくていらっしゃるので」

なかなか辛辣なレイアの言葉に、国王が思わずプッと噴き出した。辛口《からくち》なところも小気味がいいと、未来の嫁の評価がさらに高くなった。

「まぁ……。別に正攻法だけで交渉に当たる必要もありますまい……」

思案げに顎《あご》をさするラース侯爵に、その場の全員が嫌なものを感じた。

ラース侯爵は心の中で、数多《あまた》の策を巡らせる。興味もない事に時間を取る侯爵ではない。その人畜無害《じんちくむがい》な外見からは計り知れない、冷静かつ冷酷な、一番効率の良いベルドの排除法を考える。

「ねぇ、お父様」

エリスが微笑みながら、父の思考を遮《さえぎ》るように声を上げた。

「お父様が受けた決闘ですが、わたくしが代理で受けても、よろしいかしら？」

「うん？　エリスがかい？　そりゃあ、私は受ける気がないから、構わないけど……」

受けないでどうするつもりだったのか、激しく気になったが、国王は口に出すのはやめた。

多分、聞かない方がいい気がする。

「さんざんあの方に貶されたのは、わたくしですもの。少しは意趣返《いしゅがえ》しをしてもよろしいでしょう？」

「ふふふ。酷い言い分だったものねぇ。あれが次のジラーズ国王かぁ。放っておくのも面倒な事になりそうだけどねぇ……。ふふふ、まぁいいさ。エリスの好きなようにして構わないよ」

福々しい笑顔で不穏な事を言いながら、ラース侯爵は鷹揚《おうよう》に頷く。

「陛下？　よろしいでしょうか？」

反論は許さないという迫力で、エリスに言われれば、国王に否やはない。自分たちに飛び火しなかった事を、幸いだったと思うしかないだろう。

ブレインやレイアは、大丈夫かしらという顔をしていたが、これはエリスではなくベルドを心配してのものだった。散々振り回された相手だが、見殺しにするのは、なんとなくいい気持ちがしないものだ。

「よ、よかろう。決闘の場は、こちらで準備しよう」

「ありがとうございます」

嬉しげに、微笑むエリス。

様々な心配をよそに、ベルド殿下とラース家の決闘は決まったのだった。

◆◇◆◇◆

満面の笑みで花束を持った蒼髪《そうはつ》の美形が、ラース侯爵家を訪れた。

魔法省副長官、エリフィス。ハルの天敵であるが、今日はわざわざエリスの誘いを受けての訪問だ。今までのように、勝手に訪問を妨害する事は許されず、ハルは殺意を漲らせて、エリフィスを迎え入れた。

「まだ生きていたのか、野良魔術師」

「エリス様の僕《しもべ》である私が、勝手に死ぬはずがないだろう。私はエリス様が悲しまれる事はしない」

「お前ごときの存在の生き死にで、エリス様のお心が曇《くも》るはずがない。遠慮なく野垂《のた》れ死んでこい」

「それはこっちのセリフだ、狂犬執事。お前こそ弁えて、さっさと自然に淘汰《とうた》されろ」

ギリギリと笑顔のままで睨み合うハルとエリフィスに、同じく出迎えていたダフとラブは呆れた視線を向けている。悪い大人の見本である。しっかりと観察をしておこう。

「まぁ、エリフィス。来てくれたのね」

そこへ軽やかなエリスの声がかかり、エリフィスとハルが殺意を隠して笑顔でエリスに向き直った。

パタパタと小走りに駆けてくるエリスはたいそう可愛らしく、エリフィスは頬を緩めてエリスの抱擁《ほうよう》を受け入れる。傍らに立つ狂犬が、エリスに見えないようにエリフィスの足を蹴《け》ってきたが、あらかじめ施しておいた防御魔術のお陰で、全くのノーダメージだった。

「忙しいのではなくて？　ああ、また痩せたようだわ。だめよ、エリフィス。ちゃんと食べなくては」

頬を両手で包まれて、心配そうに顔を覗《のぞ》き込まれたエリフィスは、嬉しげに目を細める。エリスは幼い頃のガリガリに痩せ細ったエリフィスの姿を知っているだけに、いつもこうして体調を気遣ってくれる。エリスの姉のような、母のような慈愛のこもった言葉は、エリフィスの心をいつも満たしてくれるのだ。

「きちんと食べていますよ、我が君。最近は、私の部下が食事をとれとやかましいので、しっかりと三食とっています」

エリスの手に甘えるようにエリフィスが頬を擦《こす》りつけると、エリスはほっとしたように微笑む。

「そう？　エリフィスは研究に夢中になると、すぐに寝食《しんしょく》を忘れるから、心配していたのよ。頼もしい部下がいてよかったわ」

「とても優秀な部下なのです。エリス様にも近いうちに、お目通りを願います」

「そう！　楽しみにしているわね」

にこにこと、とても近い距離で楽しそうに話すエリスとエリフィスに、ハルはギリギリと嫉《しっ》妬《と》の炎を燃やしていたが、静かに控えていた。

最近、どうにもエリス相手にいつもの調子が出ない。冷たくあしらわれているのが常だったのに、受け入れられて。するりと懐に入られると、どうしていいのか分からなくなり、身体が固まってしまう。我に返れば気恥ずかしくて、エリスを真っ直ぐ見る事ができずに困る。

それなのにエリスは、あの野良魔術師に笑顔を向けて、優しく触れている。エリスにとっては、ハルも野良魔術師も、大して変わらないのかもしれない。

ハルにとってのエリスは唯一でも、エリスにとっては、お気に入りの宝物の一つでしかないのだろう。

「ねえ、ハル？　せっかくエリフィスが来てくれたから、ガゼボでお茶がしたいわ。庭園の花が、見ごろでしょう？」

エリフィスから贈《おく》られた花束を抱えて、嬉しそうに微笑むエリス。エリスの願いに、ハルに否やはない。それが心の底から気に食わない、野良魔術師とのお茶会の願いでも。エリスの笑顔が、ハルの生きる理由だ。

ハルの気も知らないで、エリスが微笑む。

本当は、他の男となど、会話をするどころか、その可愛い笑顔すら見せて欲しくないのに。どこかに連れ去ってしまおうか。エリスの全てを独占して、エリスの世界が自分だけになれば。そうすれば、エリスの唯一になれるかもしれない。

だがそんな事、エリスが望んでいないのは分かりきっている。

ハルの世界はエリスだけで構わないが、エリスの世界は沢山の宝物で溢れているのだ。

エリスの幸せを守るのが、ハルの役割だ。そうでなければ、エリスの側にはいられない。分かっている。分かっているのに、それが悲しい。

「仰せのままに」

とてもエリスには見せられない、ドロドロとした感情を抑え込み。微笑みを浮かべて、ハルは頷いた。

「ご所望の品が出来上がりました」

手入れの行き届いた庭園で。季節を彩る花々に囲まれ、エリフィスが恭しく、美しく装飾された細長い箱を差し出す。

「もうできたの？　今日は進捗《しんちょく》状況を聞くだけだと思っていたのに」

エリスが目を輝かせて箱の装飾をほどいていく。

「まぁぁ。凄いわ……」

キラキラした笑顔のエリスに釣られ、双子が身を乗り出して箱を覗き込む。

センスのいいエリフィスの贈り物だ。美しい宝石か、この大きさなら扇子《せんす》だろうかと、ワクワクしていた双子だったが、箱の中身を見て、思考が止まった。

「ええ……？」

「これが、プレゼント？」

箱には、鞭《むち》が入っていた。見慣れた馬の調教用とは違う、細い皮を細かく編み込んで作られた長鞭《ちょうべん》。持ち手には美しい銀色の飾り紐《ひも》がついているが、女性へのプレゼントとしては、かなり異質だ。

ダフとラブは、エリフィスを信じられない思いで見つめる。まさかこれで、エリス様に打って欲しいとか？　ウチの兄の変態が、エリフィスに伝染したのだろうか。

エリフィスは見本にしたくないダメな大人の1人ではあるが、それでも兄よりはマシだと思っていたのに。これでは、実の兄《変態》と同じか、それ以下ではないか。知らなかった、変態は伝染するのか。

なんとなく、双子はエリフィスから一歩引いた。変態が感染《うつ》るのは嫌だ。真っ当な人生を送りたい。

ハルはといえば、鞭を持つエリスに、うっとりと暗い目を向けている。絶対によからぬ妄想《もうそう》をしているのだろうと、双子は全力で兄から目を逸らした。未成年者は見てはいけない世界が、兄の中に広がっているに違いない。

「色々と試作してみたのですが、やはりエリス様には、剣よりこちらの方が、魔力の質的に相性がよろしいかと思います。鞭は剣よりもはるかに軽いですし、長時間扱うなら、こちらの方が負担は少ないかと。魔力を乗せるにしても、やはり鞭の方がエリス様の柔軟な魔力を活かせるでしょう」

エリフィスの説明に頷きながら、エリスは鞭に魔力を漲らせてみた。思った以上に魔力の通りが良く、驚いて目が丸くなる。

「まぁ。凄いわ。なんて滑《なめ》らかに魔力が通るのかしら。材質は何を使ったの？　わたくしが試作で作った鞭は、これほど上手く魔力が行き渡らなかったわ」

「魔獣のたてがみを皮の内部に編み込んでいます。あとは各魔術と相性のいい魔石を砂状に砕《くだ》いて、皮全体に貼りつけています。配分に苦労しましたが、これで魔力伝達率が格段に跳《は》ね上がっています」

エリスとエリフィスが話すのを聞いて、ダフとラブはようやく、これは新たな魔道具なのだと思い至った。エリフィスが命じて開発させたのだろう。

良かった。エリフィスに変態が感染ったのではなかった。変態はウチの兄だけだったと、ダフとラブは安堵《あんど》した。

「よく考えられているわ。これなら、わたくしも手加減ができるわね！」

ドーグ・バレの事件で、エリスは反省していた。魔力縄が脆かったせいで、直接魔力を操る事になり、加減ができずに犯人をボロボロにしてしまったのだ。辛うじて生きてはいたが、魔力の塊《かたまり》に襲われるという恐怖体験のせいで、犯人の人格がすっかり変わってしまい、事件の背後関係を吐かせるのに大変苦労したと、国王からそれとなく苦情を言われたのだ。無視したが。

エリスは魔獣を討伐《とうばつ》した経験は豊富だが、対人の戦闘経験は乏しい。訓練は積んでいたが実戦が少ないので、咄嗟の場合に手加減ができず、相手を全力で吹っ飛ばしてしまう事が多かった。魔獣相手ならそれで構わないのだが、さすがに人間相手だと都合が悪い。情報を取るためには、生かしておかなくてはならないのだから。

「ちょうど、使う予定があったのよ。間に合ってくれて嬉しいわ」

エリスの上機嫌な様子に、ダフとラブはその予定がなんなのか、思い当たった。

エリスは、試作品の魔道具を使う際は、それはもう念入りに、様々な方向から使い込む。同じ使い方を何十回と重ねる耐用テストも、もちろん行う。

そうやって、試作品に欠陥はないか、不具合は出ないか、確認するのだ。魔道具は魔力を扱うだけに、些細な欠陥から魔力の暴発が起こる可能性がある。それを防ぐためにも、必要な作業ではあるのだが。

滅多《めった》にない対人戦で、新しい魔道具のテスト込み。

魔道具の試作品テストに関しては、一切の妥協《だきょう》がないエリス。

自業自得《じごうじとく》ではあるが、その対戦相手であろうベルドが、ほんの少しだけ気の毒になるダフとラブだった。

◆◇◆◇◆

昼は光り輝くように華やかなジラーズ王国王宮内も、夜になれば闇《やみ》の世界に閉ざされる。

そこかしこに頼りない明かりが灯《とも》されているが、王宮の隅々《すみずみ》まで照らす事はない。明かりの届かぬところは、招かれざる者たちが隠れるのに絶好の場所だった。

「今夜こそ成功させるのだ。正しき方を王座に」

「ああ」

決意を込めて進む男たち。入念に王宮内を調べ、こうして国王の寝所《しんじょ》近くまで辿り着くのに長い時間をかけた。これも全て、彼らが真の王と仰ぐ、不遇の第1王子のため。

悪しき者の姦計《かんけい》で高貴な身の王子が幽閉されているのをなんとか正そうと、彼らは虎視眈々《こしたんたん》とこの機会を待っていた。厳しい警護と防御の結界を潜り抜け、男たちは歩みを進めていく。

とうとう、男たちは国王の寝所の前に辿り着いた。国王の寝所には屈強な近衛が何人もいて、本来ならば近づく事すらできないだろう。だが、彼らの仲間には珍しい闇魔法の使い手がいた。

火魔法や風魔法に比べ、殺傷能力は低いが、闇魔法は身を隠したり気配を消したりする能力に長《た》けていた。精鋭の近衛であっても、こちらの存在に気づかなければ無力なものだ。気づかれる事なく近づき、近衛たちの意識を刈り取る。

「いざ。真の国王に仇《あだ》する敵を討つのだ」

「おう！」

それぞれに構えた得物《えもの》は、刃の短いナイフだった。その刃には満遍《まんべん》なく猛毒が塗ってある。国王の命を獲《と》れば、あとは他の仲間たちが引き受けてくれる。彼らは無事に戻る事は諦めていた。ただ国王の命を奪う。それだけが、彼らの役目だった。

「何者だ」

国王の寝所に滑《すべ》り込むと、寝台の上から、誰何《すいか》の声が上がる。彼らはこの時、気配を消す闇魔法を使用していなかった。国王の命を奪う時は、その理由を国王自身に知らしめるのだ。そのためにわざと、気配を察知させた。

寝台の上で、国王はしっかりと剣を構えていた。赤髪と赤い目の美丈夫《びじょうふ》。壮年という年ではあるが、衰えぬ美貌となんともいえない色気があった。この外見の魅力に誑《たぶら》かされる者も多い。がっしりとした身体つきから、しっかりと鍛えているのも窺える。剣の腕がどれほどかは分からないが、この人数なら後れをとる事はあるまい。

「国王よ。正しき方にその座を譲っていただく」

賊たちの言葉に、国王はその正体をすぐに察した。

「第1王子派の者か。諦めの悪い。俺を殺したところで、あれほど大々的に公開された兄の悪行がなくなる事はあるまい」

剣を構える王が、顔をしかめた。吐き捨てるような物言いに、男たちの頭にカッと血が上る。

「第1王子殿下は真の王に相応しい方。お前の死で、それを証明してみせる」

「ふん。民を売って私腹を肥《こ》やすような愚か者を、王と崇《あが》めるなど。救いようのない奴らよ」

国王は男たちを睨みつけるが、その顔色は悪い。このような騒ぎになっても、兵の1人もやってこない事に焦っていた。1人、2人は斬《き》り伏せる自信があるが、こうも人数が多いと、圧倒的に不利だ。

「陛下！」

闇の中から、声と共に黒髪の壮年の男が踊《おど》り出てきた。ジラーズ国王の腹心《ふくしん》の部下であり、影を統《す》べるセス・バーゴニー伯爵その人だ。

「セスか」

「申し訳ありません。部下をやられました。賊の中に、闇魔法の使い手がおります」

国王はバーゴニー伯爵の言葉に、ぐっと気を引き締めた。影であるバーゴニー伯爵が来てくれたのはありがたいが、状況はさほど改善したわけではない。闇魔法の使い手がいるという事は、戦闘においても不利である。気配を消したり、こちらの動きを制限したりと、他の魔法と違い、威力は強くなくても、地味にこちらの戦力を削ぐのだ。

「陛下。兵たちがこちらに参るまで、私が防ぎます。お逃げください」

セスが剣を構え、背に国王を庇《かば》う。

その背を見て、国王は思い出していた。バーゴニー伯爵となる前の彼に出会った時も、こうして彼の背に庇われた事を。

昔。まだ国王が若く、第2王子であった頃。第1王子の放った刺客《しかく》に襲われ、死にかけた事があった。

護衛を倒され、刺客に囲まれる国王を、流れの傭兵《ようへい》だったバーゴニー伯爵が助けたのだ。その腕に惚れ込み、渋る彼を口説《くど》き落とし、爵位を与え、配下にした。流れ者だった彼は、爵位と居場所を与えた国王に恩義を感じて、誠心誠意、仕えてくれた。これまで何度も、彼に命を救われてきた。

「セス、死ぬ事は許さんぞ」

国王の寝所にはいくつかの脱出路がある。その1つに押し込められる直前、国王はバーゴニー伯爵に命じる。大事な、腹心の部下だ。ここで彼を失う事は、国を治める上で、大きな痛手となる。それ以上に、共に戦ってきた友を失うのは、国王には耐えがたい事だった。

「……もちろん」

答えるバーゴニー伯爵の声は落ち着いたものだったが、国王はその声音《こわね》に、いつもとは違うものを感じた。嘘を吐いていると、直観的に悟る。それぐらい、まずい状況なのだろう。

だがここで残るのは、国王には許されない事だった。ここで自分が死ねば、また国が荒れる。

ようやく落ち着きを取り戻し、立ち直りつつある国が、また戦禍《せんか》に巻き込まれる事だけは、なんとしても避けねばならない。国が荒れて一番怖いのは、その機に他国に侵略される事だ。国内で揉めるうちに他国に滅ぼされた例は、古来からごまんとある。

「王が逃げるぞ！」

「逃がすな！」

賊がこちらに向かってくるのが見えた。敵の1人を斬り倒したバーゴニー伯爵が、脱出路への進入を塞ぐようにして敵の前に立つ。

「セス、死ぬな」

最後に強く命じて、国王が脱出路へと駆け出そうとしたその時。

「……夜分に、失礼致します」

闇を切り裂くような、静かな声が響いた。

◆◇◆◇◆

脱出路の先に響いた異質なその声に、新たな敵か、それとも味方かと、国王は剣を構える。

バーゴニー伯爵が命を懸《か》けて守ってくれたというのに、この脱出路まで先回りされていれば、彼は犬死に同然だ。

しかしそこにいたのは、敵ではなく、味方の兵でもなかった。

そこにいたのは、どこからどう見ても、執事だった。

仕立ての良い黒い執事服と、輝くような銀髪。壮年の、片眼鏡《モノクル》の執事だ。柔和な笑みを湛《たた》え、胸に手を当て、頭を下げている。

「先触れもなく、お邪魔した事をお詫び致します」

国王の背後で、荒事《あらごと》が起きているのに気づいていないはずもないのに、まるでサロンで客をもてなすような落ち着きぶりで、執事は国王に詫びた。

国王は混乱した。これは味方の兵ではない事は分かるが、敵なのか？　それにしても、なぜ執事が。どうにも異質だ。

「ジラーズ国王陛下。私の主人より書状を届けるよう、言いつかって参りましたが……、いささか、お取り込み中のご様子。まずは、そちらを片付けましょう」

淡々と執事はそう言うと、国王の目の前からフッと掻き消えた。

途端《とたん》に、部屋の方から絶叫が聞こえた。思わず振り返るが、絶叫は絶える事がない。

国王はそのまま脱出路を進んでもいいのか、止《とど》まるべきか悩んだ。先ほどの怪しげな執事は、脱出路の中に現れたのだ。もしや逃げた先は敵に囲まれているかもしれない。人数が限られている分、戻った方が安全なのか。

躊躇《ちゅうちょ》している間に、部屋は静かになった。しばらくして、バーゴニー伯爵が青ざめた顔で脱出路にやってきた。

「セス！」

「陛下。敵は殲滅しました。安全です」

国王は、怪我《けが》もないバーゴニー伯爵の姿に安堵する。彼のあとについて寝所に戻ると、そこには先ほどの執事と、もう1人、こちらは若い、銀髪の執事が待っていた。

部屋の中には、敵が全て倒れ伏していた。全く動かない者もいたが、その多くは縄に縛られて、床に転がり呻《うめ》いている。

「其方は……」

国王が警戒を解かずに剣を構えると、バーゴニー伯爵が国王を制した。

「陛下、この方たちは敵ではありません」

バーゴニー伯爵の言葉に、国王は剣を下ろす。絶対の信頼を置いているバーゴニー伯爵がそう言うなら、危険はないのだろう。

「……突然の訪問をお許しくださり、ありがとうございます」

壮年の執事が、深く腰を折る。隣で若い執事も、同じように恭しく頭を下げた。

「セス、この者たちを知っているのか」

「は。この方は、私の、師です」

セスが示したのは、壮年の執事。国王は目を見開いた。

「セスの……。それでは、ロメオ王国のラース侯爵家、所縁の方たちか」

国王の言葉に、壮年の執事は笑みを深める。

「ラース侯爵家の筆頭執事を務めます、シュウ・イジーと申します。こちらは、息子のハル・イジーです」

そのどこまでも落ち着いた所作に、国王は緊張が解けたせいもあって、笑いが込み上げてきた。

「ふ、ははは。セスからは色々と聞いている。其方が『静謐《せいひつ》の狂気』か」

「おや。随分と古い呼び名をご存知でいらっしゃる。お恥ずかしい」

『静謐の狂気』は、シュウが現役の冒険者時代につけられた二つ名だ。引退して随分と経つので久々に呼ばれたと、シュウは苦笑いをする。『静謐の狂気』の名は、冒険者の間では数々の伝説と共に語り継がれていた。

「そして其方が、『狂犬執事』か」

恥じる事なく、イイ笑顔で首肯するハルに、シュウが嘆息《たんそく》する。

「……お恥ずかしい名でございます。お忘れください」

忌々《いまいま》しげに父親に睨まれても、ハルの笑顔は全く崩れなかった。

「其方らの訪問理由が何かは知らぬが、助かった。礼を言うぞ」

「いえ。偶々《たまたま》、行き会わせただけでございます」

偶々、他国の王の寝所で賊と行き会わせる事はないと思うが、命を助けられたのは紛《まぎ》れもない事実なので、国王は気づかないふりをした。

ラース侯爵家の事は、バーゴニー伯爵からよく聞いていた。伯爵は元々、ラース侯爵領出身の平民で、幼い頃よりラース侯爵領で教育を受け、ぐんぐんとその才能を伸ばした。人材の宝庫と呼ばれるラース侯爵領は教育施設が整っており、領地の子ならば皆、無償《むしょう》で教育を受けられる。幼い頃から剣と魔法の腕が良かったセスは、高等教育を受ける機会に恵まれ、そこでシユウ・イジーから直々に、様々な戦い方を学んだと聞いていた。

「こちらは、ラース侯爵家の後継ぎである、エリス・ラース様からの書状でございます」

「……ふむ」

王太子ベルドについている側近たちからの報告は、既にジラーズ国王の耳に入っていた。ラース侯爵家の次期当主であるエリス嬢を、無理矢理妃にしようとベルドが画策している事、しかも、令嬢本人が目当てではなく、あくまで、その侍従と侍女を自分の側近として迎えるために。

書状には、「ラース侯爵家にベルドが決闘を申し込んだので、立ち会って欲しい」という事が簡潔に書かれていた。

書状の内容に、ジラーズ国王は額を押さえた。

決闘について、ベルド付きの者たちからの報告をまだ受けていなかった。思っていた以上に事態は悪化していた。どこまで息子は阿呆なのか、側についていた者たちは何をしていたのかと、悪態を吐きたくなった。たった今、そのラース侯爵家の者に命を救ってもらったというのに、恩返しどころか仇で百倍返しにしているではないか。

「その……。大変、申し訳ない」

「私にも愚息がおりますゆえ。お気持ちはお察しします」

シュウが痛ましげな顔をするが、当の息子《ハル》は涼しい顔で聞き流している。

「お忙しいとは思いますが、どうか、主人の願いを叶えていただけますと、幸いです」

「もちろん、必ず行こう。ただ、ロメオ王国に向かうとなると、いささか時間がかかる。立ち会いに間に合うかどうか」

書状に示された日時は数日後。移動の日数としては間に合うだろうが、国王が隣国を訪問するのだ。そう簡単な話ではない。

「決闘の当日、私がお迎えに上がり、転移魔術で陛下をお連れ致します。立ち会いのお時間だけ、ご予定を空けていただければ問題はございません。公《おおやけ》にできない事柄ゆえ、秘密裏に済ませたいというのが、ロメオ国王と我が主の意向でございます」

シュウが当然のようにそう告げれば、ジラーズ国王はポカンと口を開く。

「転移魔術……。そういえば、先ほど消えていたな。あれが転移か」

転移魔術には莫大《ばくだい》な魔力と大がかりな魔術陣が必要というのが常識と思っていたが。魔術陣の発動すら感じなかったのは、どういう事か。

困惑してバーゴニー伯爵を見れば、諦めたように首を振っていた。なるほど、これが、ラース侯爵家に連なる者の実力という事か。

「師匠！　私も、陛下のお供を」

「バーゴニー伯爵。私に敬称は不要です。もちろん、貴方にも来ていただきます。どんな時でも主人に付き従うのが、影の仕事でしょうから」

微笑むシュウに、バーゴニー伯爵は、懐《なつ》かしさで鼻の奥がツンと痛くなった。

一度、主人に仕えると決めたからには、最後まで付き従えと。

未熟だったバーゴニー伯爵に教えてくれたのは、目の前にいる人だった。

「師匠、我が主人を守っていただき、ありがとうございます」

主人を危険に晒した事と、それを大恩ある師匠に助けられた情けなさで、バーゴニー伯爵は自分の未熟さを恥じた。

「お礼を言っている場合ですか。闇魔法使いごときに後れをとるなど、恥を知りなさい」

「はっ」

柔和な口調を崩さずに叱責され、バーゴニー伯爵は目元を拭う。二度と、こんな恥を晒したりしない。

「ふ。我が国の貴族たちから恐れられるバーゴニー伯爵が、師匠の前では形無しだな」

師の前で恥ずかしげに項垂《うなだ》れるバーゴニー伯爵の姿に、国王は愉快そうに口の端を上げた。

「こちらは、立ち会いを引き受けていただくささやかなお礼として、我が主人からお預かりしました」

懐から出した書類を、ハルが国王に差し出した。

訝しげに受け取り、書類に目を通すうちに、国王の顔つきが険《けわ》しくなる。

「これは。第1王子派の残党のリスト？　それに、潜伏場所まで」

書類の全てを確認し、国王はハッとしたように顔を上げた。

「立ち会いのお礼だと言ったな」

それでは、立ち会いを断った場合、もしくは、国王が彼らを邪険に扱っていたら、この情報をどうするつもりだったのか。第1王子派の残党たちと、この手練《てだ》れの者たちが接触し、協力し合っていたら？

銀髪の壮年の執事と若い執事は、静かに微笑むばかり。

それを見て、国王は自分が誤った選択肢を選ばなかった事に気づいた。どうやら、知らず知らずのうちに、命拾いをしていたようだ。

「それでは、立ち会いの日に……」

2人の執事は美しく一礼し、闇に溶け込むように消えた。


「……ふぅ。お前から聞いてはいたが、心臓に悪いな」

2人が消えた途端、国王から全身の力が抜けた。いつの間にか、あの執事たちに圧倒されていたようだ。一国の王ともあろう者が。

「あの域に達するまでに、どれほどの鍛錬を積めばいいのか……」

バーゴニー伯爵は床に転がされている敵たちと、国王から渡された潜伏場所の書類を見て、溜息を吐いた。彼らのお陰で、第1王子派の残党狩りはすこぶる進展しそうだ。

昔から、決して追いつけない師だと思っていたが、久しぶりに再会したら、ますます人間離れをしていた。しかも、息子まで同じように進化している。

何をしたら、ああなるのだろうか。凡人の自分にはさっぱり分からないと、バーゴニー伯爵は途方に暮れた。

「あまり気負うな。まずは、目の前の事から片付けていくまでよ。セス、第1王子派の残党を捕らえよ」

「はっ」

主人に命じられ、改めて気を引き締めるバーゴニー伯爵だった。

3章　平凡な令嬢の決闘

決闘の当日。いつもは騎士たちの雄々《おお》しい声に満ちている王宮内の鍛錬場は、人払いがされ、シンと静まり返っていた。

鍛錬場が見渡せる場所に、簡易な観覧席が設けられ、数人の観客が招かれていた。

観覧席の中央には、ロメオ国王、王太子ブレイン、王太子妃候補のレイア。

但《ただ》し、ロメオ国王の隣は、なぜか空席となっており。ロメオ国王の席と同等の、豪奢《ごうしゃ》な作りの椅子が置かれていた。

次いで、少し離れたところに騎士団長、魔術師団長。そしてその息子たちで、ブレインの側近であるマックスとライト。

騎士団長と魔術師団長は、この決闘の話を聞きつけ（というか、国王に愚痴られ）、観覧を希望したのだ。両者とも『紋章の家』の秘密を知っており、少なからず関わりもあるので、見たいというなら構わないだろうと、国王から特別に許可された。

息子であるマックスとライトは、ブレインを支える未来の重臣として、今のうちに『紋章の家』の事を叩き込むために同席させたようだ。『紋章の家』の戦いが直《じか》に見られると興奮気味な親たちに比べ、息子たちは緊張した面持《おもも》ちだった。

彼らは、いつぞや魔獣に襲われた時に、『紋章の家』の実力は身をもって知っていたし、ブレインと共にベルド殿下の失礼な態度を目の当たりにしていたので、親たちほど楽観的に、この決闘を観戦する気分ではなかったのだ。

観覧席にはもう1人、決闘の当事者であるはずの人物が、のんびりと座っていた。

「なぁ、ラース侯爵。本当にいいのか？　決闘を申し込まれたのは、其方であろう？」

国王に呆れたようにそう言われたのは、ベルドに決闘を申し込まれたラース侯爵、その人だ。

ダフとラブに給仕されたワインとつまみを片手に、すっかり楽しい観戦気分のようだ。せめて、エリスの側に介添《かいぞ》え人として、いるべきじゃないのかと、国王は思う。

ダフとラブはエリスの側についていたかったのだが、なにせ、ジラーズ王国の王太子とラース侯爵家の決闘などという、前代未聞のイベントだ。ベルドの暴走で引き起こされただけに、よそに漏れるのは絶対に避けたい。そうなると、会場内に王宮の使用人を入れる事はできず、護衛の代わりは騎士団長と魔術師団長で足るとしても、世話役という者が全くいなくなってしまう。

貴人というものは、基本、自分では何もしないものなので、わずかな時間でも世話をする者が必要だ。その世話役に、従者兼護衛のダフと、侍女兼魔術師のラブが駆り出されているのだ。

さすがにラース侯爵のように完全な観戦気分の者はいないが、それでも飲み物や軽食には手が伸びていたので、ダフとラブはなかなかに忙しかった。これじゃあ、決闘を見る暇がないかもしれないと、ちょっとだけ涙目になる。何げにエリスが戦う様が見られると、楽しみにしていたのだ。

「若い者のお相手は、やはり若い者がよろしいかと。年寄りが出しゃばるのは興醒《きょうざ》めでしょう」

ラース侯爵は国王の言葉を取り合わず、グラスを傾ける。その楽しげな様子に、国王は毒気《どくけ》を抜かれた気分だった。隣国の王太子をあれだけ怒らせておいて、ラース侯爵は、全く歯牙《しが》にもかけていない。

国王はこれでジラーズ王国との仲がこじれるような事になれば、人身売買事件以降、こちらに有利な条件で結んだ国交が崩れかねないと、内心面白くない気持ちで一杯だったが、仕方なくワインとつまみを受け取り、観戦に徹する事にした。どうせ何を言ったって聞きやしないのだ。

一方の鍛錬場では。いつもより軽い装いだが、きっちりとドレスを着込んだエリスが相対するように立った事に、ベルドが眉を顰めていた。

エリスの付き添いは専属執事のハルと、もう1人。見た事のない蒼髪の男だ。鋭い眼光と尋常でない魔力から、この男は、エリスの護衛であろうとベルドは判断した。

「エリス・ラース。ここで何をしている。ラース侯爵はどうした」

ベルドの詰問《きつもん》に、エリスはいつものように穏やかに答える。

「ごきげん麗《うるわ》しゅう、ベルド殿下。本日の決闘は、私が父の代理を務めますわ」

エリスの言葉に、ベルドの眉間の皺が深くなった。

「どういうつもりだ、俺を愚弄《ぐろう》するつもりか」

睨みつけるだけで怯《おび》えて青くなり、フラフラと気を失ってばかりいるか弱い令嬢に決闘の相手などと言われ、馬鹿にされているとしか思えないと、ベルドは声を荒げる。

「まぁ。愚弄だなんて。元はといえば、ベルド殿下がわたくしを娶ると言った事から始まった話ではありませんか。それならば、当事者のわたくしがお相手を務めるのが道理かと」

エリスは首を傾げ、指を顎に当てた。

「それに。わたくしの結婚相手は、わたくしが決めますのよ。だから父は、殿下のお申し出をお断りしたのです」

エリスの珍しく強気な言葉に、ベルドは瞠目《どうもく》した。貴族の結婚は、家に利のある相手を吟味《ぎんみ》して、親が決めるのが一般的だ。たまに、子に甘い親が当人の希望通りの相手と結婚させる事もあるというが、もしやラース侯爵は、そういった甘い親の1人なのだろうか。

「ふん。なんともお粗末な話だな。家門の繁栄よりも子の我儘を通すのか。大方、お前はそこの執事か蒼髪の護衛にでも懸想《けそう》していて、そ奴らと結婚したいと親に泣きついたのだろう。そんな甘い事ばかりしているから、お前の家は一向にうだつが上がらないのだ。貴族としての自覚はないのか」

ベルドがそう叱責すると、控えていたハルから、ブワリと殺気が膨《ふく》れ上がる。

「なんだ、執事、図星か？　せっかくの好条件な婿養子先を奪われそうになって、焦っているのか？」

「……撤回してください」

据わった目でハルに睨まれ、たかが侯爵家の執事風情に意見された事に、ベルドは怒りを露わにした。

「……お前、誰に向かってそのような無礼な言葉をっ！」

「エリス様がそこの野良魔術師に懸想しているなど、なんたる侮辱！　エリス様のお心が向けられる先は、この専属執事ハル・イジー、ただ１人！　道端の石ころのごとき野良魔術師になど、向くはずがありません！」

「……は？」

呆気《あっけ》に取られるベルドをよそに、控えていた蒼髪の護衛エリフィスが、殺気を漲らせた。もっとも、殺気を向ける先はベルドではなく、ハルにだったが。

「そうか、それほど死にたいのか、変態執事」

「ふ。誰に言っているのだ、野良魔術師。もしや私にか？　お前ごときに、この私が殺《ヤ》れるとでも？」

「もちろんだ、変態執事。お前とはそろそろ決着をつけねばと思っていたのだ」

ベルドそっちのけで、ハルとエリフィスは睨み合う。まるで縄張り争いをしている犬のように、顔を合わせれば喧嘩ばかりしているのだ、この2人は。

観覧席では、思いもかけぬところで別の争いが始まりそうだと、緊迫した雰囲気になっていた。ハルとエリフィスの不仲は、観覧席の面々には周知の事実だ。S級冒険者の実力を持つハルと、魔法省副長官のエリフィスが本気でぶつかれば、一体どれほどの被害が出るのか、予想もつかない。

鍛錬場のハルとエリフィスは、睨み合いながらいくつもの魔術陣を展開させている。観覧席の騎士団長と魔術師団長が、珍しい魔術陣の同時展開を、見逃すまいと食い入るように見つめていた。

「何考えているの、あの2人。こんなお偉方《えらがた》が見ている中で喧嘩をするなんて、馬鹿じゃないの？　ほんっとーに、あんなダメな大人にはなりたくないわ」

「同感だ」

ハル《馬鹿》とエリフィス《２人》の喧嘩など見慣れているダフとラブは、こそこそと囁《ささや》き合う。

「ううーん。失敗した。このワイン、ちょっと甘すぎるな。あまり好みじゃない」

ラース侯爵に至っては、ワインの方が気になって、ハルとエリフィスの小競り合いなど、気にしてもいなかった。興味がないのだろう。

その時。ビシリッと、鋭い音が走り、睨み合うハルとエリフィスが吹っ飛んだ。

「キャインッ」

「うわっ」

鞭にこめられた魔力に吹っ飛ばされ、ベシャリと土に倒れるハルとエリフィス。お互いを消滅させようと展開していた魔術陣は消え、行き場を失った魔力がバチバチと音を立てて霧散する。

そんな2人の従僕を一瞥し、エリスは冷笑を浮かべた。

「ハル、エリフィス。わたくし、忙しいの。大人しくしていなさいな」

鞭をしならせエリスがそう命じると、エリフィスは青い顔でコクコクと頷き、ハルはうっとり蕩けた赤い顔で何度も頷く。

「ウチの子たちが、失礼致しました。ベルド殿下」

優雅に礼を執《と》るエリスに、ベルドは信じられないものを見たように、ぽかんと口を開けている。

ハルとエリフィスの禍々しいまでの魔力から、２人の実力が相当なものだと、ベルドにも分かった。そんな2人が、エリスの鞭の一振りで、あっけなく吹き飛ばされ、無力化されたのだ。驚くなと言うのが無理だ。

「失礼ついでに、先ほどのベルド殿下のお言葉、訂正させてくださいな。ラース侯爵《父》は、わたくしの我儘を聞いて、ベルド殿下のお申し出を断ったわけではありませんわ」

手首を動かし鞭の調子を確かめながら、エリスは淡々と告げる。

「そもそも父に、わたくしの結婚相手を決める事などできないのです。生涯の伴侶を他人に決められるなど、そんな暴挙、ラース家の者なら、全力で抵抗致します。たとえ相手が実の親であろうとも、必要ならば排除するまで」

チラリとエリスが観覧席のラース侯爵に視線を向ければ。ラース侯爵は楽しそうにワイングラスを高く掲げている。「その通り」と同意しているようだが、まだ決闘が始まる前だというのに、やけに陽気だ。既に酔っているのかもしれない。あまり酒には強くないのだ。

「ですから。殿下の妃となる事を拒否するわたくし自身が、決闘のお相手を務めるのが道理ですわ。ふふふ、ベルド殿下。わたくしを妃にして、ダフとラブを手に入れたいと、本気で仰るのなら、全力でわたくしをねじ伏せてくださらないと、お応えする事はできませんわ」

その冷酷な微笑みに、ベルドは自分がとんでもない勘違いをしていたのではないかと、遅ればせながら、ようやく気づいた。

◆◇◆◇◆

「御前、失礼致します」

ベルドが嫌な予感に冷や汗を垂らしたその時。

静かに響く声が、鍛錬場を揺らした。

忽然と、その場に銀髪の執事が現れる。ハルによく似た容貌に、年月を重ねた事で備わった、重厚さと落ち着いた雰囲気。ラース侯爵家の筆頭執事シュウ・イジーだ。

そしてその隣には、赤髪と紅瞳の、堂々たる体躯の美丈夫。豪奢な装いと、並々ならぬ迫力が、只人《ただびと》でない事を示していた。

「ち、父上?」

ベルドは、声がひっくり返るのを抑えられなかった。そこにいたのは、見間違いようのない姿。ベルドの父であり、ジラーズ王国の国王だ。

「本当に連れてきたのだなぁ……」

観覧席から、ロメオ国王の諦めの混じった、溜息が聞こえた。事前にラース侯爵から報告されていたとはいえ、本気で隣国の国王を転移でロメオ王国に連れてくるなど、前代未聞の暴挙だ。ちゃんとジラーズ国王の許可を取れと念を押したが、本当に大丈夫なのだろうか。もしも許可なく連れてきていたら、間違いなく誘拐《ゆうかい》だ。しかも国王の誘拐。国交断絶どころか、戦争になったりしないだろうか。金がかかるから戦争は嫌なのだが。

ロメオ国王の心配をよそに、ラース侯爵は陽気に、

「おお？　ベルド殿下は、お父上に瓜二つなんですなぁ」

と、どうでもいい事を言っている。この酔っ払いめ。

「な、なぜ父上がここに。な、なぜそんな、少数の護衛でっ」

ジラーズ国王に付き従っていたのは、影であるバーゴニー伯爵ただ1人。一国の王がこうも無防備に、他国の地を踏むなどあり得ない事だ。しかし、ベルドの心配など気にも留めず、ジラーズ国王はどこか楽しそうに鍛錬場を見回していた。

「ほう。息子がいるという事は、ここはロメオ王国なのだな。お主の言う通り、本当に一瞬での移動だったたな」

「細心の注意を払って転移を致しましたが、お身体に不調などはございませんか？」

恭しく尋ねるシュウに、ジラーズ国王は笑った。

「ない。瞬きの間に場所が変わるとは、なかなか愉快な体験だった」

ジラーズ国王の満足げな様子に、シュウは一礼する。

「ち、父上……」

「ベルドよ。そこのラース家の者から、経緯は聞いておる。色々と言いたい事はあるが、お前の言い出した決闘だ。責はお前が取れ」

冷たい一瞥と共に、ジラーズ国王はそうベルドに言い放ち、視線をエリスに向けた。

「そなたがエリス嬢か。此度は我が息子が迷惑をかけたな」

「お初にお目にかかりますわ、ジラーズ国王陛下。ロメオ王国、ラース侯爵が娘、エリス・ラースでございます」

優雅に一礼したエリスに、ジラーズ国王は目を細めた。

「して、我が身をこの国に運ばせた理由は？　書状には、其方の父が決闘を申し込まれたとあったが」

「ジラーズ王国の王太子殿下と父の決闘、わたくしが代理で受ける事になりました」

「其方が？」

エリスの言葉に、ジラーズ国王は驚く。ベルドは王太子として日々研鑽《けんさん》を積み、剣や魔術もそれなりの成果を上げている。華奢《きゃしゃ》な令嬢が決闘を受けるなど、万が一にも勝てるはずがない。

だが、とジラーズ国王は考えを巡らせた。ジラーズ国王をここに連れてきた執事から渡された書状には、『決闘を行うので立ち会って欲しい』とは書かれていたが、『決闘を止めて欲しい』とは書かれていなかった。王太子の愚行を止めて欲しいのではなく、立ち会いを望むという事は、ラース侯爵家側に勝算があるという事なのだろう。

この令嬢が決闘の代理人を務めるというのに、それは可能なのだろうか。

ジラーズ国王の感情の読めない目を見返して、エリスは朗らかに告げる。

「此度の事は、我が侯爵家がジラーズ王国との縁を結べるという栄を辞退したがゆえに、ベルド殿下のご不興を買った事が原因でございます。ベルド殿下は、たかが侯爵家の後継ぎと、殿下の妃、どちらが重要で有益か、考えるまでもないだろうと仰いました」

「……愚か者めが」

不機嫌にジラーズ国王が唸るのに、ベルドは落ち着かなげに目を逸らす。

「確かに、一国の妃としての役割が重要である事は理解しておりますし、ジラーズ王家の方にとっては、臣下である貴族など、取るに足らない存在かもしれませんが。わたくし、一貴族として、我が家門にはそれなりの誇りを持っておりますのよ」

エリスは微笑んでいる。だがその笑みには、先ほどまでの朗らかさは微塵もなかった。酷薄《こくはく》な、温かみのない笑みは、空恐ろしかった。

「ですから、わたくしはラース侯爵家の名に懸けて、ジラーズ王家からのお申し出には、全力で抵抗させていただきますので、その許可をいただきたかったのです」

エリスの発言は、ともすればジラーズ王国に対する最大の侮辱であった。ジラーズ王国が貴族を尊重していないとあてこすっただけでなく、ジラーズ王家に全力で歯向かうというのだから。

だが、その無礼な発言を怒るどころか、ジラーズ国王は高らかに笑い飛ばした。

「我が愚息の発言を鑑みれば、反論もできんな。しかし、ジラーズ国王として、これだけは断言しておこう。貴族は国の大事な礎《いしずえ》よ。それが分からぬ者に、王位などもってのほかだ」

我が子だろうと容赦なく、ジラーズ国王はベルドに吐き捨てる。

「己《おのれ》で側近を育てる事もせず、他人の側近を力づくで奪おうとするなど、情けないわ。その上、断られて決闘を申し込むなど……。愚かすぎて、コレが唯一の子でなければ、早々に廃嫡《はいちゃく》できるというのに」

ベルド1人しか子がなく、それ以外は遠い縁戚のみ。もしもベルドが王位を継がなければ、次の王位を巡って縁戚の者たちがまた次代を争うであろう。たとえどんな阿呆でも、ベルドが王にならなくては、国が荒れる。

「そ、そんな。父上。わ、私とて、努力したのです。ですが、あんな田舎では、碌《ろく》な人材はなく」

「お前の母は、家門の中から優秀な者を何人もお前に引き合わせていたであろう。それをお前は、選り好みし、挙句に、一丁前に悋気などに振り回されて、その目を曇らせていたのだろうが」

父からの冷ややかな言葉に、ベルドは咄嗟に俯き、唇を噛《か》みしめた。

自分の本心を父に知られていた事に驚き、反論の言葉は宙に消える。

確かに、母はベルドのために優秀な人材を揃えてくれた。家庭教師、護衛、使用人。そして、数名の側近候補を。家庭教師や護衛、使用人たちは自然とベルドより大人の、どちらかといえば熟練ゆえに年配の者ばかりだった。だが、側近候補は違う。ベルドと共に育つべく、年齢の近い者たちが選ばれていた。

そんな側近候補たちを、ベルドは、シル以外は受け入れなかった。皆、見目麗しく、優秀で、忠義に厚かった。いずれは王になるベルドを支えるに、相応しい人材だった。だが。

どうしてもベルドは、彼らを自分の側に置きたくなかった。見目麗しく、優秀であればあるほど。たとえ、忠義が厚かろうと、関係なく。

「あらまぁ。随分とこじらせていらっしゃいますのね？」

くすくすと嘲るように笑うエリスに、馬鹿にされたと感じて、ベルドは怒りで、頭が真っ赤に塗り潰されたように感じた。

「エリス・ラース。よくも俺を馬鹿にしてくれたな！　女だからと、手加減などしてもらえると思うな」

怒りに震えながら剣を構えるベルドに、ジラーズ国王は呆れた目を向けたが、無言で首を振り、シュウに案内され、観覧席へ移動していく。

そんな父の姿に、ベルドは焦りを感じたが、今さら引く事などできなかった。

「もとより、こちらとて手加減などするつもりはございませんわ」

エリスは鞭を構え、まるで舞台女優のように、観覧席に向かって一礼する。

「お客様もお揃いですわ。それでは、決闘を始めましょうか」

◆◇◆◇◆

シュウの案内で観覧席にやってきたジラーズ国王に、観覧席の一同は動揺を抑えて、跪《ひざまず》いて迎えた。ロメオ国王と王太子ブレインは立場上、膝《ひざ》を突く事はせず立ったままだ。ロメオ国王は歓待するように両手を広げた。

「ロメオ王国へようこそ」

「突然の訪問となり、申し訳ない。皆も楽にしてくれ。礼を尽くさねばならんのはこちらの方よ」

ジラーズ国王の許しを得て、皆は戸惑いながらも、それぞれの席に戻る。ジラーズ国王はロメオ国王の隣の席に案内された。豪奢な空席はこのためだったのかと、そして、少なくともロメオ国王は、この訪問を事前に知っていたのだろうと、皆は遅ればせながら察した。

突然の隣国の王の出現に、皆の緊張は高まりっぱなしだ。騎士団長はこんな大物を迎え入れるには警護の体制が整っていないと焦ったし、魔術師団長などは、王宮内に張り巡らされた結界の魔術をどうやって潜り抜けて転移したのかと気にしていた。2人とも、何事もないような顔を装っていたが、胃はキリキリと痛んでいた。『紋章の家』が絡むと、いつもこうだ。

「お酒や軽食はいかがなさいますか？　毒見は私が務めましょう」

サラリと空気のように自然にシュウが給仕に加わり、ジラーズ国王に尋ねる。高貴な客人の相手をしなくて済むと、緊張していた双子は安堵した。

「其方が毒見を務めるのであれば、安心だが……。毒見は我が国の者に任せようか」

バーゴニー伯爵1人だけでは心もとないと、ベルド王太子付きの影たちが数人、ジラーズ国王の出現と同時についている。シュウは姿を現した影たちに頷き、素直にワインと軽食を差し出した。

「此度は、愚息がご迷惑をおかけした。ブレイン王太子にも、日頃から世話をかけていると聞いている」

「なんの。若いうちは功を焦り、失敗する事もあるでしょう。お前も覚えがあろう、ブレイン」

「はっ」

ブレインは父の言葉に顔を赤らめた。ほんの1年ほど前、ブレインも慢心ゆえに側近ともども、魔獣に殺されかけた身だ。その時に覚えた、エリスへの恋慕《れんぼ》の気持ちまでうっかり思い出し、ブレインは表情を作るのに苦労した。すぐ隣には妃候補であるレイアがいるというのに。

自分の不実さが許せずに目を伏せていると、そっと手が握られた。レイアが心配そうにこちらを覗き込んでいた。レイアが妃候補となった時に、ラース家との関わりについては全てを話したので、レイアはブレインが死にかけた時の話も知っている。側近たちやダフとラブを巻き込んで全滅しかけた事を、心の底から悔《く》いている事も。それをブレインが思い出したのかと、心配になったのだろう。

そのレイアの心遣いに、ほんのりと心が温かくなった。張りつめていたものが緩むような、ほっとする気持ちだった。レイアの手を握り返し微笑むと、レイアも安心したように微笑んだ。

その顔が。とても可愛くて。

ブレインは一瞬、状況も忘れ、レイアの笑顔に見惚れてしまった。

「おお。始まるようだな」

父の声に、ブレインはハッとする。同時にレイアの手がするりと離れ、ブレインは残念な気

持ちになった。

残念……？　なぜ、こんな事を考えた。

その気持ちを突きつめて考える間もなく、ブレインの意識は、鍛錬場に向かった。


ベルドは剣を構えながら、油断なくエリスの出方を窺っていた。

エリスが、気の弱いただの令嬢ではない事に、ベルドは朧げながら気づいていた。ベルドの前で倒れ、怯えたように震えていたのは、演技だったのだろう。

先ほど、銀髪の執事や蒼髪の護衛を吹っ飛ばした手腕からも、戦いを知らぬ令嬢というわけではないようだ。気を抜いたら逆にこちらが不利になるであろう事は、理解していた。

エリスの持つ鞭。あれは、何かしらの強力な魔道具なのだろう。

そういえば、ロメオ王国の魔法省には優秀な魔術師がいて、魔道具作りが得意だと聞いている。調べたところ、ラース侯爵家は魔法省との繋がりはなかったはずだが、表沙汰《おもてざた》にできない貴族同士の関係など、多々ある事だ。凡庸に見えたラース侯爵家だったが、多少は認識を改めてもいいかもしれない。エリスを娶る事でその魔術師と繋がりができれば、ジラーズ王国にも有利になるだろう。イジー家を召し抱える以外にも、エリスを娶る利点が増えたと、ベルドは喜んですらいたのだ。

だが、この時のベルドは、冷静なようでいて、焦りと怒りに支配されていた。側近のシルや護衛たちからの諫言も、先ほどから見せられていた転移などの異様な光景も、ベルドの抑止力にはならなかった。

もしもこの時、ベルドに冷静さが残っていたなら、彼のとるべき行動は、ただ1つ。真摯にエリスへ謝罪し、ラース侯爵家への申し出を撤回する事だった。

だがベルドの口から出たのは、謝罪どころか最後までエリスを侮った言葉だった。

「エリス・ラース。先ほども言ったが、お前が女だろうと容赦はしない。ジラーズ王国の王太子の名に懸けて、私は負けない。だが、お前が妃になる事を受け入れ、私を愚弄した事を謝罪するのなら、お前を許し、受け入れてやろう」

ベルドのよく通る声は、鍛錬場に響いた。

それを聞いた瞬間、ロメオ王国側の者たちは、心の中で『終わった』と思った。

『紋章の家』への宣戦布告。人生の終焉《しゅうえん》を自ら引き寄せた愚か者が、今、目の前にいた。

「五体満足で帰ってくるといいが……」

ロメオ国王の思わず漏らした呟きに、隣のジラーズ国王がピクリと身じろいだ。

五体満足。他国の王太子に向けて放つには、なかなか物騒な言葉である。

そこへ、軽く酔っ払っているラース侯爵が、フォローを入れる。

「大丈夫です、陛下。エリスもその辺は弁えていますから。ベルド殿下の御身《おんみ》に傷をつけたとしても、跡形もなく治癒《ちゆ》して証拠は消し去るでしょう。ですが心は全力でへし折ると思いますので、精神的に立ち直るのは、時間がかかるかもしれませんなぁ」

「旦那《だんな》様、飲み過ぎです」

「お言葉が過ぎますよ！」

ダフとラブが慌ててラース侯爵の口を塞ぐが、遅かった。ジラーズ国王はなんでもないような顔をして流していたが、ちょっとワイングラスが揺れていたので、動揺したのかもしれない。観覧席の混乱した様子は、エリスの耳に聞こえていた。飲み過ぎている様子の父に、クスリと笑う。

今回の決闘にエリスが名乗りを上げたのは、ほんの気まぐれだ。もしもエリスが手を挙げなければ、ラース侯爵自身がベルドに対処していただろう。

そうすると、あの出不精《でぶしょう》で面倒事が嫌いな父が、命じられるがまま、素直に決闘の場に立っただろうか。答えは否だ。それぐらいなら別の手を使って、決闘自体をなくしていたに違いない。

あの父が、ベルドの暗殺などという、ラース侯爵家に嫌疑がかかりそうな、安直な手は使うまい。もしかしたら、ジラーズ王国自体をなんらかの方法で揺るがして、ベルドが決闘どころではなくなるように仕向けたかもしれない。そうなると被害はジラーズ王国全体に広がるが、それぐらいは躊躇う事なくやるだろう。

エリスがシュウを通じて、ジラーズ国王へ手渡した、『立ち会いのお礼』。あれは元々、ラース侯爵の命でシュウが調べ上げていたものだ。ジラーズ国王へあの情報が渡ったお陰で、未だ燻る反乱分子を一掃できるだろう。だが元々、父はあの情報を、ジラーズ王国を揺るがすために、どう使うつもりだったのか。

あの温和な態度と福々しい笑顔で忘れがちだが、父はラース侯爵家の当主なのだ。ロメオ国王は主張の少ないラース侯爵より、率直に自分の欲望を伝えるエリスの方が恐ろしいと思い込んでいるようだが。エリスに言わせれば、誰にも疑われる事なく、自分の思い通りに物事を変えていく父や兄の方が、よっぽど恐ろしい存在である。

かといって、エリスはジラーズ王国への温情で、決闘の代理を名乗り出たわけではない。

決闘を受けた理由は主に2つ。

1つは、エリフィスの作った鞭の性能を試すため。魔獣相手には試してみたが、やはり人間相手にどれぐらい加減ができるのか、知りたかったのだ。相手はジラーズ王国の王太子だが、散々貶された鬱憤《うっぷん》も溜まっていたし、保護者の許可も得られたので、存分に試させてもらおう。

そしてもう1つ。

エリスにはベルドの側近シルについて、気になっている事があった。

ベルドが昔、優秀な側近を側に置く事を嫌がった理由は、多分、そういう事なのだろうと、予想はついたのだが。

そんなくだらない理由で、側近を育てる事を怠り、その穴埋めのために、エリスの大事なダフとラブを欲しがるだなんて。しかも、ダフやラブが断ると、今度はラース侯爵家を貶《おとし》めるような言動をとった。王族でありながら、貴族を軽んじるのは許される事ではない。特に、今のジラーズ王国のように、盤石《ばんじゃく》とは言えない状態ならば。

それに、たかがジラーズ王国の王太子という身分で、『紋章の家』のモノに手を出そうとするなど、身の程知らずも、いいところだ。

人のものを無暗《むやみ》に欲しがれば、どうなるのかを。

今のうちに、教えてあげようと、親切なエリスは考えていたのだ。

◆◇◆◇◆

初手は、ベルドが動いた。

「はあぁぁぁっ！」

気合も十分、エリスの鞭の動きに気をつけながら、剣を振り上げ、本気で襲いかかった。油断も、慢心もしていなかった。相手は得体の知れない魔道具を使っているのだ。魔術で防御を固めながら、切りかかる剣筋は鋭く、観覧席の騎士団長や魔術師団長からは「ほう……」と感心したような声が上がったぐらいだった。

相手が女である以上、傷をつけるのは気が進まなかったが、王宮には専属の治癒魔術師がいるはずだ。長引くよりは一気に攻めて、死なない程度に相手を戦闘不能にし、早めに終わらせるつもりだった。どうせ傷がついても、自分が娶る相手だと、一切、加減をしていなかった。

その事からも、ベルドがエリスをどれほど下に見ているか分かる。

だが。ベルドの渾身《こんしん》の一撃は、エリスの軽く動かした鞭に阻まれた。鞭の先が生き物のように動き、剣の勢いを殺す。剣に絡みつきそうなそれに驚き、思い切り振り払った。

「あら。剣を折ろうと思ったのだけど、なかなか加減が難しいわ」

エリスの呟きを拾って、ベルドは慌てて距離を取った。それ以上に、不気味だった。鞭が、まるで自ら意思を持っているような動きをするなんて。一体どういう魔道具なのか。

ベルドが驚いている間に、エリスが鞭をしならせる。すると、鞭の先から炎が噴き出し、蛇《へび》のようにベルドに襲いかかってきた。

驚きながらも冷静に、ベルドはまずはあの鞭から破壊しなくてはと思った。鞭を断ち切ろうと、得意の風魔術を刃のように飛ばす。だがそれもあっさりと、鞭の一閃《いっせん》で吹き飛ばされた。

「なんだとっ？」

思わず、ベルドは声を上げていた。鞭が、魔術を吹き飛ばしただと？　なんなんだあれは。

あれが鞭でいいのか？　鞭の概念を超えているじゃないか！

渾身の風魔法まで吹き飛ばされ、思考が固まった隙《すき》を見逃さず、炎を帯びた鞭がベルドの腕に容赦なく振り下ろされた。

「ぐっ」

鋭い音と強烈な痛みに、ベルドは慌てて後ろに飛びのく。だが執拗に追いかけてきた炎が絡みつき、さらにベルドの腕を焼いた。

「うわあぁぁっ！」

「ベルド様！」

決闘を見守っていたシルから、悲鳴が上がった。ベルド付きの護衛たちが駆け寄ろうとするのを、ジラーズ国王の叱責が止める。

「手を出す事はならぬ！」

王の命に、シルたちは思わず踏みとどまった。ベルドを守る役目の彼らにとって、それは苦痛を伴う命だった。為す術もなく、主人が傷つくのを見守る事しかできないのだ。

ベルドは利き腕を焼かれたが、残る腕で必死に剣を構えていた。ベルドは治癒魔法を使えないため、傷を負ってもそのままだ。痛みのせいで集中できず、身を守る魔術も途切れていた。

「炎との相性は良さそうねぇ……。それでは、これはどうかしら？」

隣国の王太子に大怪我をさせているというのに、エリスは一向に気にする様子もなく、鞭の試用に夢中になっていた。炎を消したかと思えば、今度は水を纏《まと》わせる。

「炎の次は水だと？」

「あの鞭は、一体何なんだ？」

「ううむ。ラース侯爵、あれは魔力剣の応用か？」

観覧席から興奮したような声が漏れる。ロメオ国王が説明を求めるように目を向けると、肘《ひじ》掛《か》けに腕をついて、幸せそうに転寝《うたたね》をしているラース侯爵の姿があった。

酔うとすぐに眠くなる性質《たち》なのだ。シュウが気を利かせて、そっと膝掛けを主人にかけていた。

ジラーズ国王はエリスとベルドの戦いを凝視《ぎょうし》しながら、頭を猛スピードで回転させていた。

先頃、画期的な魔力剣の製法が開発されたと、ロメオ王国から発表された。各国がその魔力剣の情報を手に入れようと躍起になっている。

ロメオ国王は、ラース侯爵にエリスの持つ鞭について、『魔力剣の応用か？』と尋ねていた。

もしやロメオ王国の魔力剣に、ラース侯爵家が関わっているのだろうか。ジラーズ国王も、バーゴニー伯爵からラース侯爵家の話は聞いていて、その恐ろしいまでの有能さは分かっていたつもりだったが。

もしも魔力剣がラース侯爵家によるものだとしたら、有能どころではない。偶然とはいえ、ベルドはとんでもない一族に狙いをつけたようだ。

ラース侯爵家との縁を結ぶ事ができれば。ロメオ王国秘蔵の魔力剣の秘密が分かるかもしれない。その益を思うと、先ほどまで少しはお灸《きゅう》を据えてやろうなどと思っていた愚息を、俄然、応援する気になった。

なんとしても勝って、エリス嬢を妃に迎えて欲しい。負けたとしても、難癖《なんくせ》をつけて縁を結ぶ事はできないだろうか。息子を傷物にされたとかなんとか言って。いや、これは令嬢が結婚したい相手に使う手口か。男では無理か。

ジラーズ国王の本心が、息子の応援から邪《よこしま》なものに変わりつつあったが、それとは関係なく、決闘は続いていた。

水を纏った鞭が、ベルドの顔に襲いかかる。口と鼻に巻きつき、ゴボリとベルドの口から苦しそうな音が漏れた。水が口や鼻から流れ込み、息ができない。

「人を窒息《ちっそく》させるのは、少量の水があれば可能なのよ。ご存知かしら？」

水の中でもがくように、ベルドは鞭を引き剥がそうと暴れる。しかし隙間なく巻きつく鞭に爪《つめ》すら立たず、空気をなくして焦るベルドの力を奪っていく。

派手さはないが、音もなく人を無抵抗にするその技法に、ロメオ王国の影たちは、感心半分、恐ろしさ半分といった表情を浮かべて眺めていた。やはり敵に回したくない、あの『紋章の家』は。

「ベルド様！」

見かねたシルが我慢できずに、王の命令を無視してベルドの側に駆け寄ろうとした。だがエリスがあらかじめ仕掛けていた結界に阻まれて、近寄る事すらできない。

「エリス嬢！　おやめください。これ以上は、ベルド様が死んでしまいます！」

シルの必死の叫びも、エリスはどこ吹く風だ。鞭にこめる魔力量を変え、ベルドが死なない程度に水の量を調整している。その目は冷静に鞭の性能を分析する魔術師のようだった。

シルは魔力を練り上げ、結界を壊す魔術陣を作り上げる。父であるバーゴニー伯爵は魔術の腕も良く、シルはその手ほどきを受けていた。力いっぱい魔術陣を結界にぶつけると、意外なほど呆気なく、結界は壊れた。

「ベルド様！　大丈夫ですか？」

躊躇なくベルドの側に駆け寄り、シルは鞭をベルドの顔から引き剥がす。鞭から解放されたベルドは、ゲホゲホと身体を折って咳き込んだ。為す術もなく蹂躙《じゅうりん》されたのがよほどショックだったのか、ベルドは呆然《ぼうぜん》と地面に座り込んでいた。

「シル・リッチ。下がりなさい」

神聖な決闘の場に侵入してきたシルに向け、威嚇するようにエリスは鞭で地面を一閃する。

その軽い一撃で地面は抉《えぐ》れ、土ぼこりが巻き上がった。

それを見て、ベルドの腑抜《ふぬ》けていた身体に力が入る。シルを背に庇い、悪鬼のような表情でエリスを怒鳴りつけた。

「やめろ！　俺のシルに、傷一つ、つける事は許さんぞ！」

途端、ベルドは炎を纏った鞭に横っ面を一閃され、吹っ飛ばされた。

「そういうセリフは、少しでも勝機を見出してから仰るべきですわ」

エリスが、冷ややかに告げると、半泣きのシルが、エリスに向かってひれ伏した。

「もう、お許しください、エリス嬢！　ベルド様に代わって、私が罰を受けますから！」

その言葉に、エリスは楽しそうに笑い声を上げた。

「まぁ、貴女、本気でこの方に代われると思っていらっしゃるの？　一介の伯爵令嬢である貴女が、王太子殿下に？」

その言葉に、シルは弾《はじ》かれたように顔を上げた。

頭が真っ白になった。どうして。今まで、誰にも見破られた事などなかったのに。

シルが伯爵令嬢だと、女だと、エリスはそう言ったのだ。

愕然《がくぜん》とするシルに、エリスは呆れたような視線を向ける。

「貴女、その程度の変装で、女性である事を隠し通せると思ったの？　歩き方や骨格で、女性という事は初めから分かっていたわ。だぼだぼの服を着ていたって、体型を隠しきれていないし。偽るなら、もう少し研究なさいな」

その言葉に、シルが女性だという事に全く気づいていなかった観覧席の面々は、驚くと同時に、気まずい思いで視線を逸らした。いや、普通は気づかないだろう。あんなに髪が短いのだ。ロメオ王国では、貴族も平民も、女性は髪を長く伸ばす。それに、体型だって小柄な少年にしか見えない。

「シル・リッチの本名はシルフィア・バーゴニー。ジラーズ国王の影を務めるバーゴニー伯爵家の三女よね。幼い時から、男装してベルド殿下に仕えていたのは、ベルド殿下の元にバーゴニー伯爵家の者がいたら、殿下の居場所が敵方にバレてしまうからね？」

歌うようにエリスがスラスラと告げる。これらは全て、ラース侯爵家の優秀な影たちが調べ上げた事だ。相手が同業種《影》であろうと関係ない。彼らはとても優秀だから。

まるで見ていたように言い当てられて、シル、いや、シルフィアは恐ろしさに身体が震えた。

父であるバーゴニー伯爵から、『紋章の家』の優秀さは聞かされていたが、周囲を探られているような気配は全く感じなかった。いつの間に、どうやって調べていたのか。

シルフィアの驚愕をよそに、エリスは全く別の事を考えていた。

「ふふふ。身分と性別を偽って主人に仕える側近。その間に芽生えた秘密の愛。まるで恋愛小説のようだわ。……本来の性別に戻り、秘めた愛を成就させるのが物語のハッピーエンド《正道》だけど。……2人の愛は果たして、実るのかしら」

楽しげなエリスの声は、幸いな事に、力なく地面に伏すベルドと、恐ろしさで呆けているシルには届いてはいなかった。

◆◇◆◇◆

エリスに吹っ飛ばされ、地面に倒れガクガクと震えているベルドに、エリスはニコニコと近づく。

顔と腕に酷い火傷《やけど》を負ったベルドに、いつもの覇気《はき》はない。辛うじて目は開いているが、エリスを見る目には恐怖が色濃かった。相当、怯えられている。

そんなベルドの精神状態など気にする事もなく。エリスはベルドの側にしゃがみ込み、楽しそうに話し始めた。

「ねえ、ベルド殿下。考えてみたのだけど。わたくしがこの決闘で負けたら、ベルド殿下の妃になるお約束でしたでしょう？　だけど、わたくしが勝った場合のご褒美はどうなるのかしら？殿下だけに利があるなんて、不公平ではなくて？」

エリスの言葉に、ベルドは怯えながら、恐る恐る視線を合わせた。これほど一方的な実力の差を思い知らされたあとに出される条件だ。きっと碌なものではない。

「そうねぇ。わたくしも同じ条件にしようかしら。わたくしが勝ったら、ベルド殿下の大事な側近をいただくわ。そちらの、シルフィア嬢を。ふふふ。今は冴えない男装ですけど、可愛らしく着飾れば、素敵な令嬢になると思うの」

短い髪と、男装のために体型を隠すダボダボな男性服で全く女性に見えなかったシルだが、よく見ればとても可愛らしい顔立ちをしている。着飾ってやれば、すぐに男性の目を惹くようになるだろう。

「真面目で仕事熱心で、主人のために、女の身でありながら髪まで切ってくれる忠義者。とても素敵だわ。もちろん、もらい受けるからには大事にするわよ。責任を持って、嫁、い、い、い、入り先も世話をしますわ。よろしいでしょう？　モテるでしょうねぇ。シルフィア嬢は。今まで男装をしていた分、ギャップというのかしら。そういうものに、殿方は弱いとお聞きしますからね」

エリスが、挑発するようにベルドに微笑むと。

ベルドの目に力が戻った。剣を握り、エリスへその切っ先を向ける。

シルが奪われる。その上、嫁入り先だと？　馬鹿な、そんな事、許せるわけがない。

「馬鹿な事を言うな！　そんな事、認めるわけないだろう！　シルは、俺の大事な、側近なのだぞ」

ギラギラとエリスを睨みつけ、ベルドは吼《ほ》えた。当のシルフィアは、成り行きについていけず、ぽかんとしている。こんな、側近として足りない自分が、あの『紋章の家』の次期当主に望まれるなんて、思ってもみなかった。

それに。シルフィアはこれまでずっと、ベルドの側近として生きてきた。それを今さら、別の者に仕えよと言われても。簡単に受け入れられるものではない。

すぐに怒るし、横暴だし、思い込みは激しいけれど、ベルドには尊敬するところだって、沢山あるのだ。シルフィアは、そんなベルドに仕える自分を、誇りに思っている。

ベルドの勝手な言葉に、エリスは笑みを消して、冷ややかに吐き捨てた。

「あら。ご自分は滅茶苦茶な理由で決闘まで仕掛けてきて、わたくしの大事な子たちを奪おうとしたのに。わたくしにとってのダフとラブは、ベルド殿下のシルフィア嬢と同じぐらい、大事でしてよ？」

その時になってようやくベルドは気づいた。彼にとって代えの利く有能な駒《こま》でしかない双子は、エリスにとっては大事な従者である事に。そして、その大事な従者たちを、理不尽に奪おうとしたベルドに、エリスが激怒している事にも。

「ああ、そうか……。すまない。でも、俺は、シルを、シルを守りたくてっ」

ベルドがシルを見つめ、躊躇うように視線を逸らす。頬を赤らめ、大事な宝でも見るように、潤《うる》む視線。

観覧席にいたレイアは、ベルドのその様子に、全ての謎が解けたような気分になった。

ベルドがシルフィア以外の側近を選ばなかった理由。もしこの理由が合っていたとしたら。

「え。嘘。馬鹿じゃないの」

「どうした、レイア嬢？」

思った事をそのまま口にしたレイアに、ブレインが驚いて声をかける。思慮深い彼女が、感情のままに言葉を口にするなど、珍しい。しかも大分、口調が乱れている。

「……ブレイン殿下。ベルド殿下の側近が少なすぎる理由って、もしかしたら。シルフィア様に、将来有望な男性を近づけたくなかったからじゃないでしょうか」

「え？」

レイアがあまりに突飛《とっぴ》な事を言うので、ブレインは間抜けな声を上げた。

「どうやらベルド殿下は、シルフィア様を憎からず思っていらっしゃるご様子。ベルド殿下は、その、悋気を起こして、シルフィア様の周りから恋敵《こいがたき》を排除するために、側近を増やさなかったのかと」

「そんな、まさか。そんな馬鹿な理由で？」

ブレインはいくら聡明なレイアの言葉とはいえ、俄《にわ》かには信じがたかった。

だってそんな。一国の王太子ともあろう者が、そんな私的な理由で側近を避けてきたなんて。

しかしレイアの推測は、意外なところから肯定された。

「ご名答だ」

ジラーズ国王が、眉間に皺を刻んで、不機嫌そうに頷く。

「あの愚息は、己の側近に懸想して、一丁前にシルフィアを囲い込んだのよ。再三、周囲から側近を増やせ、将来の事を考えろと言われても耳を貸さなかったくせに、シルフィアが毒に倒れて、ようやくあの娘の負担の重さに気づいたのだ。元より王太子の側近の仕事が、1人で務まるわけがない」

第1王子派を降し、安定を取り戻しつつあるとはいえ、王位を巡る陰謀はなくなったわけではない。王位継承者であるベルドを守る盾が少ないという事は、その盾一つ一つの負荷が大きいという事に、ベルドはようやく気づいたのだという。

だから慌てて、有能な、そして強い側近を求めた。愛しい女を守れるような、頑丈な、特別な盾を。そこで、眼鏡《めがね》に適《かな》ったのが、イジー家の双子だったのだ。

「ラブ嬢を愛妾に、エリス嬢を側妃にすると発言したのは、シルフィアに悋気を起こさせたかったのだろう。今のところ、愚息はシルフィアに全く相手にされていないからな」

「まぁぁ。男としても最低……。あら、失礼しました」

厳しい淑女教育を受けているはずのレイアが、うっかり不敬な本音をこぼしてしまった。それぐらい、酷い話だ。

ジラーズ国王は、「構わん、全面的に同意する」と、レイアのベルドへの不敬な発言を見逃してくれた。

「他人の従者を奪うのも、本命の女性以外を蔑ろにするのも、王ならば許されると思っている阿呆よ。そんな一方的に強いられた主従関係など、脆いものだという事に、気づいておらん」

「あー。もしかして。ベルド殿下が正妃にと言っていたのは」

ロメオ国王が、以前ベルドの言っていた正妃が、シルフィアだと気づく。

「……愚息は望んでいるようだな」

「とんでももございません！　私の娘が、そのような大役、受けられるはずがございません」

バーゴニー伯爵が、血相を変えて首を振る。娘が、ジラーズ王国の正妃など、分不相応すぎる。今は伯爵位を賜っているが、バーゴニー伯爵は、元は平民で、流れの傭兵に過ぎないのだ。しかも、ジラーズ王国の出身ですらないのだ。

「余は身分や生まれなどは気にせんぞ。何より、余の最も信頼できる部下の娘だからな。身分など、どうにでもできる。シルフィア自身も能力が高く、妃としての資質は十分。ベルドにはもったいないぐらいよ。だが、果たして、シルフィアにその気持ちがあるのか……」

ジラーズ国王の言葉に、バーゴニー伯爵は絶句する。そこまで主人に言ってもらえるのは臣下として嬉しいのだが。あの王太子の嫁となると、娘がこの先、苦労するであろう事が容易に想像できて、手放しでは喜べなかった。10に満たぬ年から、身分どころか性別を偽り、家族から離れてベルドの側に付き従っていた娘。髪さえ短くして、女性としての楽しみは何一つ味わっていない娘。そんな娘に、これ以上苦労はさせたくない。

そろそろ年齢的にも、男装は無理があると分かっていた。15歳といえば、将来の結婚相手も考えねばならない。できれば頃合いを見計らって、娘を家に戻そうと思っていたのだ。そしてゆっくりと、娘の今後を考えていこうと思っていたのに。

シルフィアが嫌がったら、全力で妃への推挙《すいきょ》はお断りしようと、バーゴニー伯爵は心の中で誓った。ジラーズ国王に忠誠を誓ってはいるが、それと父としての親心は別である。

観覧席で恥ずかしい暴露が行われているとは露《つゆ》知らず、ベルドはズタボロになりながら、必死にエリスと対峙《たいじ》していた。

平凡な令嬢だと思っていた。弱く大人しく、何かあっても泣くぐらいしかできない女は、王族であれば、いかように扱っても問題はないと。ラース侯爵家に決闘を申し込んだのだって、王族に本気で反抗する者がいるとは思わなかったからだ。泣いて詫びてイジー家の双子を差し出すだろうと、高をくくっていたのに。

それがどうして。こんな恐ろしい目に遭わなくてはならないのか。

ようやく王太子になって、シルを守る力を持ったというのに。

凄絶《せいぜつ》な微笑みを浮かべ、鞭を構えるエリスに、ベルドは本能的な恐怖を感じて逃げ出したくなった。だがここで諦めれば、シルを奪われてしまうと、必死に耐えた。

エリスの鞭がベルドを襲う。炎を纏い、水を纏い、風を纏った鞭による一方的な蹂躙だったが、ベルドは唇を噛みしめて耐えた。絶対に倒れる事などできなかった。

そしてエリスの方も、簡単にこの決闘を終わらせる気はないのか、致命的な怪我になる寸前にベルドを回復させ、さらに攻撃するという、非情な事を繰り返していた。

その様はまるで女神。美しく残酷な神の化身《けしん》。鞭が振るわれるたびに、様々な魔力の色が火花のように散って、エリスを包み、輝いている。

「あああ。どうしてあそこで鞭打たれているのが、私ではないのだ」

傍らの狂犬執事が、恍惚《こうこつ》とした表情でエリス《女神》の手腕に酔いしれているのを気持ち悪く思いながら、エリフィスは目を細めてエリスに熱い視線を注ぐ。

鞭を振るうエリスは、戦女神のように美しい。

エリスのための最高の武具を作り上げた自分を、誇らしく思った。

2人の僕《しもべ》がうっとりと主人を見つめている事を気にもせず、エリスはベルドを鞭打ちながら嘲笑《あざわら》う。

「貴方は結局、ご自身では何もなさらないのね」

容赦なく鞭を振るうエリスは、憐れむようにベルドを見つめる。

「政敵から身を守るために姿を隠し、周りに守られて命を救われて。側近を自分勝手な理由で拒み、挙句、今度はシルフィア様を守るために、他人に仕える有能な人材を奪う」

クスクス笑うエリスが、小首を傾げた。

「男装する側近と王子様の、素敵な恋の物語かと思ったのですけど。そんな卑怯《ひきょう》な物語のヒーローを応援したい気持ちに、貴方はなりまして？」

ぐさりと、身体ではなく心の痛いところを突かれ、ベルドの顔は羞恥《しゅうち》に染まる。

エリスの言う通りだった。結局、ベルドは自分では何もしていない。

父の戦果のおこぼれで、流されるままに今の王太子の地位に就いて。

実力のなさを隠すために、誰彼構わず噛みついて。

毒で死ぬところだったのを、愛する女に命がけで助けられ。

今度はその愛する女を守るために、身分を盾に他人から人材を掠め取ろうとしていた。

そんな男が王になったところで、誰がついていくのか。自分がなれるのは、せいぜい、傀儡だろうと諦めていた。

でもシルは。シルフィアは。

こんな俺でも、いつか立派な王になると信じて、俺の事を見捨てずに、いつだって側にいてくれたのだ。髪を切って男装して、俺の代わりに毒を受けて、全身全霊で俺を守ろうとしてくれたのだ。

彼女がいてくれたら、きっと自分は頑張れる。絶対に、彼女を手放したくない。これからだって、ずっと側にいて欲しい。

そう思って、敵わずともせめて一太刀《ひとたち》と、エリスに突っ込む覚悟を決めたベルドだったが。

その瞬間、目の前が白く染まり、衝撃がベルドの全身を貫いた。全身からプスプスと薄い煙まで出ている。

「あら。通電性もいいのね」

バチバチと青白いものが、鞭に纏わりついている。

今のは、もしかして、珍しいといわれる、雷《かみなり》魔術ではないだろうか……。

魔術師でも、その適性を持つ者は稀《まれ》である、雷。火、風、水、土の一般的な魔術よりも扱いが難しく、適性があっても使いこなせる者はさらに稀であると言われる幻《まぼろし》の雷。

そんな貴重な雷魔術を全身に受け、ベルドは必死で思考を巡らせる。

エリスは一体、何種類の魔法を使えるのか。先ほどから、様々な属性の魔術を纏った鞭を振るわれているが、普通は魔術師といえど、2種類ぐらいしか、魔術の適性はないはずなのに。

エリスは慈悲深い笑みを浮かべる。

「ふふふ。これほど面倒な事に巻き込まれたのですもの。簡単に倒れないでくださいませね？

そうねぇ。最後まで倒れずにいらっしゃったら、引き分けにしてあげても、よろしくてよ？」

その悪魔のような提案を、ベルドは受けるしかなかった。

全て自分が招いた結果だ。ここでもし、ベルドの負けが確定すれば。この悪魔のような女に、シルフィアを奪われる事になるのだ。愚かな主人のツケを、有能な側近であるシルフィアが払う事は、避けなくてはならない。今まで、楽ばかりして流されて、厄介事から逃げてきたのだ。

ここで、死ぬ気で踏ん張らなければ。

勝てなくても。決闘が終わるまで、立ってさえいれば、引き分けに持ち込める。

ベルドがフラつきながらも倒れないように腰を落として構えるのを見て、エリスは嬉しげに微笑んだ。

「せっかくだから、この試作品の性能確認もさせていただきたいのよ」

そんなエリスの呟き《本音》は、鞭の猛攻に耐えるベルドの耳には、もちろん入らなかった。

◆◇◆◇◆

やがてエリスは満足したのか、決闘は終わった。

最後まで倒れずに立ち続けていたベルドは、鞭の性能テスト、いや、決闘終了と共にその場に倒れた。

王族に怪我をさせたとあっては一大事だが、エリスは証拠が残らないように、ベルドの身体の傷を残らず治療しているので、身体的なダメージは全くない。だが、繰り返し痛めつけられた精神的なダメージは大きそうだ。

シルフィアが泣きながらベルドを介抱し、色々とベルドの真意を理解したクリストが、なんとも言えぬ顔でその傍らに付き添っていた。

一方、観覧席の客たちの興奮は、収まりそうにもなかった。

騎士団長とその息子は、エリスの鞭捌きの巧みさに感銘を受けていたし、魔術師団長とその息子は、鞭から繰り出される魔術について議論が尽きないようだ。特に珍しい雷魔術には、大興奮していた。

ロメオ国王は新たな魔道具かとワクワクしており、ジラーズ国王はエリスに大いに興味をそそられている様子だった。

貴人たちの給仕から解放された双子が、キラキラした目で嬉しそうにエリスの側に纏わりつく。エリスが自分たちのために戦ってくれただけでも嬉しかったのに、鞭を持って戦うエリスは女神のように美しかったのだ。もう絶対、一生ついていく。

蒼髪の魔法省副長官は、自分の作った魔道具がエリスの役に立ったとしんみりと感動しており、狂犬執事に至っては、なぜか鼻血を垂らして失神していた。

そんな興奮冷めやらぬ一団とは対照的に、微妙な顔つきのレイアとブレインに、エリスは小首を傾げて尋ねる。

「ギリギリ、及第点かしら？」

もちろん、鞭の性能テストの事ではない。エリフィス作成の鞭は、エリスの厳しいテストに耐え抜いたのだから。十分に合格点だ。

「目的も手段も、相当アレだったけど。一応、シルフィア嬢を守るために、最後まで倒れなかったわけだし」

エリスの言葉が、ベルドの評定だと気づいたレイアは、目を吊り上げて否定する。

「落第よ！」

「あら、厳しい」

レイアの勢いに、エリスはきょとんと目を丸くした。

「エリス様は、恋愛が絡むと、すぐに採点が甘くなるのだから！　相手が貴女じゃなかったら、横暴な王子が気弱な令嬢をお飾りの側妃にして、まんまと有能な側近を手に入れ、本命のヒロインとハッピーエンドだったのよ。物語としても最低じゃない」

辛辣だが的確なレイアの言葉に、エリスは思わず納得した。

「あら。それもそうね。でも、本命のヒロインはどうかしら。そんな歪んだ王子の愛を受け入れると思う？」

「私だったらお断りだけど……。長年一緒にいれば、愛はなくても情みたいなものがあるんじゃないのかしら」

恋愛感情はさっぱり分からないレイアは、ベルドと介抱しているシルフィアの方をさりげなく見つめる。

イイ感じで見つめ合っている2人に、周囲も素知らぬふりをしながら、がっつり聞き耳を立てていた。酔って寝ていたはずのラース侯爵すら、いつの間にか目を覚まして、ベルドとシルフィアに注目している。

ベルドは愚かだったが。あの鞭の猛攻に倒れなかったのは、偏《ひとえ》にシルフィアを思うがゆえの事。その気持ちは、シルフィアに伝わるのだろうか。

泣きながら自分を介抱するシルフィアに、ベルドは緊張した面持ちで、真っ直ぐに向き直った。

「シルフィア。俺は、お前が、す、好きなんだ。この気持ちに偽りはない」

シルフィアの両手をがっしりと握り、ベルドは真っ赤な顔でシルフィアに告げた。

「え？」

「ずっと、好きだった。シルフィアが女性だと気づく前から、好ましいとは思っていたが、女性だと知って、ますます大事にしたい気持ちになった。どうか、俺の、妻に。正妃になって欲しい」

シルフィアは何を言われたのか分からず、ぽかんとベルドを見つめていたが。

「ご、ご、ごめんなさい！　ベルド殿下！　私、そういう相手として、殿下を見た事はありません！」

両手を振り、首を振り、シルフィアは赤くなるどころか青くなって、勢いよくベルドに答え

る。

「え？　あ。いや、シルフィア？　身分など気にしないでいいんだ！　そこは俺がなんとか」

「いえ！　無理です。そんな対象として見られないです。ベルド殿下は、出来の悪い、あ、いえ。手のかかる弟みたいなもので」

全力でベルドから目を逸らしながら、シルフィアは言葉を選びつつ、本音を口にした。曖昧《あいまい》な表現は思い込みの激しいベルドに良いように解釈される事は長年の付き合いで分かっていたので、ハッキリと家族愛だと断言する。

「……弟」

思いっ切り玉砕《ぎょくさい》したベルドが、呆然自失している。

恐ろしい鞭の猛攻に耐えたのに。何度も何度も意識を飛ばし、脳内にお花畑と綺麗《きれい》な川の風景が見えたが、必死に踏みとどまって耐え続けたのに。

弟。

握られていた手をさりげなく抜いて、シルフィアは逃げるようにバーゴニー伯爵の元へ走っていった。心なしか、シルフィアを迎えたバーゴニー伯爵の表情が、ほっとしているように見える。

残ったクリストが、ベルドの肩を力づけるように叩くが、ベルドは力なく何度も、「……弟」

と呟いている。

「まぁ。そうよねぇ」

「アレはさすがにないものねぇ」

仲良く納得するエリスとレイアの容赦ない感想に、周囲の男性たちは、特に、王太子ブレインは、いたたまれない気持ちで、ベルドを見ないようにしていたのだった。

終章

決闘から数日後。学園には平穏が戻っていた。

イジー子爵家の双子を側近にするために、ラース侯爵家の後継ぎであるエリスに求婚したベルド殿下の暴挙は、王太子ブレインに諭され、ベルドが心を入れ替える事によって、落着した。

ベルドがラース侯爵家のエリスに謝罪し、側妃の話は撤回されたため、ラース侯爵家もイジー子爵家も落ち着きを取り戻している。

改心したベルドは、人が変わったように大人しくなり、控えめな態度と真面目に勉学に取り組む様子から、地を這っていた評判は徐々に回復しつつある。

ただ、いつの間にかベルドに付き添っていた側近シルは姿を消し、代わりに黒髪の可愛らしい令嬢が、ベルドの世話を甲斐甲斐《かいがい》しく焼くようになった。ジラーズ王国出身の可愛らしい令嬢はベルドの婚約者かと騒がれたのだが、問われた令嬢自身がキッパリと否定し、そのたびにベルド殿下が力なく肩を落とすので、どうやらベルド殿下の片思いのようだと噂されている。

ベルドの改心の理由は、このご令嬢に一目惚れ《ひとめぼ》れしたせいではないかという噂も実《まこと》しやかに流れていたが、ブレインの説得がやはり大きかったのではないかというのが大半の意見だった。

ロメオ王国の次期国王は、それほどまでの人望と有能さを持っているのだから。

この一件で、王太子であるブレインの評価はもちろんの事、その婚約者候補であるレイアに対する評価も上がった。レイアは女性の身でありながら、ベルドの暴言で高まった気の荒い学友たちの不満を、威厳を持って見事に抑え、ブレインと力を合わせる事で事態を解決に導いたのだ。かくも素晴らしい未来の王妃と同じ教室で学べる事を、クラスメイトたちが喜んだのは言うまでもない。

今回の一件で、一番に被害を受けたのはラース侯爵家とイジー子爵家であったが、王家からの圧力にも屈せず主家への忠義を尽くしたイジー家と、それを捧げられるラース侯爵家の関係はやはり堅固なものなのだと、周囲は改めて認識したのだった。

ラース侯爵家のか弱きご令嬢に付き従う双子の姿は、微笑ましく、好意を持って見守られていた。

◆◇◆◇◆

ラース侯爵家の、当主の執務室にて。

ラース侯爵は、エリス宛てに届いたある釣書を見て、爆笑していた。

「ふは、ふふふふ、ははは、こ、これは、予想外だったねぇ」

ラース侯爵の手にあるのは、シュウの判断でお断りの処理をしい、い、い、た釣書だ。

「笑い事ではありませんわ、お父様！」

エリスは頬を膨らませ、その釣書を睨んでいる。

「でもこれ、本気なのかねぇ」

涙目で笑うラース侯爵の手にある釣書には、隣国、ジラーズ王家の紋章があり。

「エリスを正妃にって。あの国王、自分の息子をボコボコにしたエリスを、自分の嫁にしようというのか。よっぽど気に入ったのかねぇ？」

現ジラーズ国王の正妃にとの申し込み。この申し込み自体は、余計な混乱を避けるために非公式なものではあるが、一考する余地があるのなら、すぐに正式な申し込みに切り替えると、そこには書かれていた。

確か、ジラーズ国王の正妃には、ベルドの母が就いていたはずだが。そのベルドの母が、喜んで正妃の座を譲ると書かれている。本気なのか。

「王妃様のご年齢では子はもう望めないから、阿呆息子の代わりになる子を、エリスに産んでもらいたいのかなぁ。まぁ。エリスほど強ければ、まだ混乱の続くジラーズ王国でも、暗殺の心配はいらないからねぇ。もしくは、阿呆な息子を矯正《きょうせい》した手腕を買われたのかねぇ」

「勝手な事を仰らないでくださいな。それに、ベルド殿下が心を入れ替えたのは、失恋のせいでしょう。その証拠に、シルフィア様に振り向いてもらおうと、必死で努力なさっているわよ」

愛妾だの側妃だのと酷い発言をしていた割に、本命には一途で初心《うぶ》なベルド殿下は、それはもう熱心にシルフィアを口説き倒しているのだ。令嬢姿のシルフィアが予想以上に可愛らしく、男子生徒から注目されているのにも焦っているようだ。

横暴な王太子に、厳しくも優しく、姉のように付き従う従者。そんな、芯の強さがありながら、守ってあげたくなるような、儚《はかな》げな風情。髪が短いのも、編み込んでしまえばさほど気にならず、シルフィアは学園内で、男女を問わず人気が上がっているのだ。

王太子らしく励む事が一番シルフィアを喜ばせるのだと知って、ベルドは立派な王太子になるべく、努力を重ねている。最近は、ロメオ王国内での社交も精力的にこなし、ブレインとも積極的に関わりを持って、両国の今後の在り方を相談し合っているのだとか。元々、能力は高く、あの我の強さを抑えるようになれば、ベルドは優秀な男だった。ブレインも良き友人ができたと、レイアに笑顔で報告していたようで。

あれならば、面倒見のいいシルフィアがベルドに堕《お》ちるのは時間の問題ではないだろうかと、エリスは思っている。出来の悪い弟から、成長した姿に惚れるのも、また王道の恋の物語だろう。

まあ。ベルドが学園でエリスを見かけると、青ざめた顔でコソコソと気配を消しているのは、少々、情けない気もするが。

そもそも、エリスがジラーズ国王の目に留まったのは、あの魔力鞭のせいだろう。聡明なジラーズ国王の事だから、魔力剣との関連にも、気づいたのに違いない。魔力剣を手に入れるために、エリスに縁談を持ち込んだのだろうが。

欲の深さは身を亡《ほろ》ぼすという事を、息子を見てなぜ反省しないのかと、エリスは呆れるばかりだ。

「バーゴニー伯爵も、ジラーズ国王をお止めしたようですが。どうしても一度は申し込みたいと聞かなかったようで」

バーゴニー伯爵自身が主人の暴走を止めきれていないのも、問題なのだ。親子揃って主人に甘いのだと、シュウが呆れたように付け加える。

「それで、どうするね、エリス。お受けするかね、この縁談」

楽しげなラース侯爵に、エリスは冷ややかな目を向ける。

「馬鹿な事を仰らないでくださいませ。お父様、自分と同じ年代の婿が欲しいのですか？」

「おや。天下のジラーズ国王を、我が侯爵家の婿殿に迎えるのかね？　それはなかなか、楽しそうな展開だよ」

どこまでも揶揄う気満々のラース侯爵に、エリスは柳眉《りゅうび》を吊り上げる。

「わたくしの結婚相手は、わたくしが決めます！」

ラース侯爵家の平凡な午後は、こうして穏やかに過ぎていくのだった。

エリスの可愛いペット

ラース侯爵領の東には、『魔の森』が広がっている。

ラース侯爵家所有のその森は、女神より与えられた土地として知られており、人が簡単に手を加えてはならぬ場所と言い伝えられている。代々のラース侯爵家領主は、その言い伝えを熱心に守り、森の周辺に領民が住まないように手配し、自然のままに放置していた。

人の手が入らぬがゆえに、『魔の森』は『魔力溜まり』から溢れた過剰な魔力で常に満たされており、森に住む生き物たちに大きな影響を与えていた。『魔の森』の内部には、凶暴な魔獣たちが跋扈《ばっこ》し、縄張り争いを繰り広げ、激しい生存競争に挑んでいた。普通の人間は、森の中に立ち入れば、数刻とて保《も》たないだろう。ラース侯爵領に住む者ならば、それが幼い子どもであっても、『魔の森』には決して近づいたりしなかった。

『魔の森』では、近年、頻繁に目撃されるようになった魔獣がいる。長い金の毛並みと透き通るような青の瞳のその魔獣は、近づく者を容赦なく引き裂き、残忍に食らい尽くすと恐れられていた。

彼は、元は小さな狼《おおかみ》の子でしかなかった。『魔の森』で生まれ、弱者として引き裂かれ、消えていくはずの命だった。それが『魔の森』の魔力に晒され、適応し、なおかつ存分に利用する事で、ここまで大きく、美しい魔獣として成長する事になったのだ。

彼は、凶暴な『魔の森』の魔獣たちを圧倒的な力で屈服させ、あっという間に魔獣たちを束ねる存在となった。種も性質も違う魔獣たちを引きつれて森を駆けるその姿は、まるで魔獣の王のようであった。

いつしか彼は『魔の森の主』と呼ばれるようになり、その美しさと圧倒的な強さは、ラース侯爵領民たちから恐れられながらも畏敬《いけい》の念を向けられるようになっていた。

鬱蒼《うっそう》と茂る『魔の森』の最深部。

そこに、彼はいた。

高く連なる岩の上。温かな陽が当たるその場所で、彼は大きな体躯を丸め、目を閉じて休んでいる。長い金の毛並みが風に流され、木漏《こも》れ日をキラキラと反射して美しく靡《なび》く様は、まるで伝説の神獣を描いた一幅の絵画のようだった。

だが、その岩の周りにまで視線を伸ばせば、その夢の絵画の世界は一変する。無残にも引き裂かれた魔獣の身体が散らばっており、辺りには血の匂《にお》いが充満していた。金色の毛並みは血の一滴も浴びておらず、彼の圧倒的な強さが垣間《かいま》見えるというものだ。

ふと、彼が目を覚ました。吹き込む風に冷たさでも感じたのか、ブルリと身体を震わせて、立ち上がる。

彼の目覚めを敏感に感じて、森が騒《ざわ》めいた。なんとか彼の血を引き継ぐ子を得ようと近づく雌《めす》たち。恐れと憧れを持って遠巻きに見つめる雄《おす》たち。そんな魔獣たちの視線など気にも留めず、彼は長い尾を揺らして、優雅に駆け出した。

飛ぶように駆ける彼に、魔獣たちは慌ててあとを追う。時折、無謀にも挑んでくる魔獣がいたが、彼は長く鋭い爪を無造作《むぞうさ》に振るって敵を屠《ほふ》った。

彼に勝てるモノなど何もない。彼は森の王者だった。彼は知り尽くしていた。己が強く、特別である事を。

誰もが彼を欲しがり、妬み、憧れるが、誰も彼を止める事はできない。当然の事ながら、誰も彼を従える事はできない。彼は孤高の強者であり、唯一の存在なのだから。

彼は再び、ブルリと身体を震わせた。

冷たい風が彼を包む。冬はまだ遠いというのに。

それでも彼は駆ける事を止めなかった。否。できなかった。

彼の本能が、駆けろと命じていた。駆けろ、駆けろ。命がけで。どこまでも速く。どこまでも遠くへ。そうでなければ。

「ビールド」

彼の耳が、その音を拾った瞬間。

「キャウン」

雷に打たれたように、彼は動きを止めた。

その鳴き声は、美しく強い彼が漏らしたとは思えないほど、弱々しく。

まるで生まれたての子犬のような、もの哀しい響きだった。

◆◇◆◇◆

「悪い子ね、ビールド。最近はちっとも、獣舎に戻っていないのですって？」

森歩きに相応しいとはとてもいえない、柔らかな色合いのフワフワしたドレス。令嬢が散策の際に好んで身に着けるような軽い装いのエリスは、腰に手を当てて嘆息する。

日傘を差した可愛らしいその姿は、完全に『令嬢の休日（森で楽しいピクニック）』だ。絵本に出てきそうな、森のお茶会を楽しむ雰囲気である。そこが『魔の森』の最深部でなければだが。

「戻る家すら覚えられないとは。救いようのない駄犬《だけん》ですね」

執事服をピシリと身に着けたハルが、眼鏡を押し上げ、彼を嘲笑った。

その視線は、極寒のブリザードの方が温かみがあるぐらい、冷え切っていた。駄犬と狂犬。同じ犬だけに、同族嫌悪のようなものがあるのかもしれない。ハルにとって、ビールドはライバルだった。エリスの寵愛を奪い合う、ライバルだ。

彼は本能的な恐怖を抑えきれず、じりじりと後退した。

いつもはピンと立っている耳が垂れ、尻尾は後ろ足の間で縮こまり、丸まっている。身体がプルプルと震え、目が子犬のように潤み、キューン、キューンと喉の奥から悲鳴のような鳴き声が漏れていた。

「ビールド。ちゃんと夜は獣舎に戻りなさいと、わたくし、言ったわよね？」

穏やかなエリスの声。だがそこには、絶対に逆らえない、強い響きがあった。

そう、ここにいるのは、『魔の森の主』たる彼を凌駕《りょうが》する、圧倒的な強者だ。そして、ビールドと呼ばれる彼の、唯一無二《ゆいいつむに》の主人だ。

いや、だって。とビールドの頭に、思わず言い訳がよぎる。

この『魔の森』を治めるのは『魔の森の主』たるビールドだ。その彼が森を離れるなど、できるはずがない。彼の尽力で保たれている秩序。せっかく上りつめた魔獣たちの頂点。それが、森を離れれば、失われてしまう。

「お前の世話役たちから、困っていると知らせが届いたのよ。お前が好き勝手遊び回るから、この森の魔獣たちが少なくなってしまったって。獣舎に帰れば、きちんと餌《えさ》をもらえるのに、選り好みして勝手に森の魔獣を食しているようね？」

エリスの声に、叱責の色を感じて、彼はますます、恐怖に打ち震えた。

怖い。ご主人が怒っている。どうして。ちょっと森で遊んでいただけなのに。怖い。怒られるの怖い。ちょっと美味しいお肉を齧《かじ》っただけなのに。

もしかしたら、もっと森のお肉を狩れと命じられているのだろうか。ご主人の分を残していなかったのが悪かった？　それならもっと頑張らなきゃ。あれ？　でもそれならどうして、家に帰らなきゃならないの？　家に帰ったら、お肉は狩れないのに。もっと森にいろという事？

混乱ですっかり思考が子犬の頃に戻り、彼はキュンキュンと落ち着かなげに、辺りをぐるぐると回り始めた。そこに、『魔の森の主』たる威厳は微塵もない。

そこにいたのは、主人の怒りをなんとか収めたい、従順なペット《愛玩動物》だった。

「困ったわ。こんなに魔獣が減ってしまって。伯父様が大事に育て上げた魔獣なのに」

「わざわざ『魔力溜まり』に魔力を流してまでお作りになった実験場ですのに。ガッカリなさいますでしょうねぇ」

エリスの伯父、アレン・ラースは、魔獣の研究に没頭している。色々と胡散臭《うさんくさ》い言い伝えをでっち上げ、魔の森の『魔力溜まり』を手つかずのままにしているのは、アレンが過剰な魔力により変異した魔獣たちを観察するためだ。なんなら、弱い魔力溜まりに魔力を注いで、活性化させたりしている。昔は魔力を注ぎすぎて、うっかりスタンピードを起こしかけた事もあるらしいが、今はその辺の加減も上手くなり、巧妙に魔獣を増減させて、絶妙なバランスを保っている。

エリスなどは、魔術で直接、魔獣を活性化させてしまえばいいのでは？　と思うのだが。伯父に言わせると、それは『浪漫《ロマン》がない』そうだ。

その昔、魔術で魔獣同士を掛け合わせて強い魔獣を作り出した闇組織があったが、伯父に言わせると、それは『美しくない』らしい。魔術で強い魔獣を生み出すなんて、面白味がない。自分でルールを決めたゲームを進めるようなもので、なんの苦労もなく勝てるゲームの、何が楽しいのかと。

あくまで、魔獣が自然に変異するのが美しく楽しいのだと、伯父は主張していたが、そのこだわりは、エリスには全く理解できなかった。『魔力溜まり』に魔力を注ぐのは自然に背《そむ》くのではないかと思うのだが、魔力の加減によって、様々な結果が生まれるのが愉快だと笑っていた。理解しがたい変人なのだ。

そんな伯父が大事にしている魔獣たちを、エリスのペットが好き勝手に食い散らかしたのだ。これを知った伯父がどんな反応をするのか、エリスもちょっと心配だった。魔の森の魔獣を鼻歌交じりに捕獲するような伯父だが、内面は意外にナイーブだ。魔獣の激減にショックを受けて倒れやしないだろうか。

「甘やかしすぎたのかしら……」

ビールドときたら、何度言いつけても、2日も経てば忘れてホイホイと森に戻り、帰ってこなくなる。餌だってちゃんとやっているのに、それを食べずに森で魔獣を狩る。それも、食べきれないであろう数を、際限なく。

今も甘えるように、エリスに腹を見せ、きゅーんきゅーんと可愛い声で泣いているが、これでいつも誤魔化されてしまうのだ。

「元々、森に住む、獣ですからねぇ……」

ハルにしてみれば、エリスの寵愛を奪いかねないペットなど、さっさと森に帰って二度と戻らなければいいと思うのだが、それを言うとエリスが「ハルとビールドは仲が良くないのね」と悲しむので、決して口にはしない。表向きは良好な友好関係を結んでいるように見せている。犬と同等に扱われているが、エリスが喜ぶなら、ハルにとっては些末《さまつ》な事だ。

「あら、ハル。ペットでも、きちんとした躾《しつけ》は、必要でしょう？」

エリスはそう言って、笑みを浮かべながら、最近のお気に入りの得物を取り出す。黒く細い皮を細かく編み込んで作られた長鞭。持ち手には美しい銀色の飾り紐が付いている。

ピシッと地面に打ち鳴らされたそれに、ビールドは命の危険を感じて身構える。

「あぁ！　エリス様、それはいけません」

ハルが血相《けっそう》を変えて、鞭を握るエリスと、ビールドの間に立ち塞がる。

ビールドは、彼を守るようにして目の前に立つハルに驚き、そして感動していた。

こいつ。いつもいつもこわい目で睨んできて、喧嘩を売ってきたのに、本当はいいやつだったんだ。ご主人の罰から守ってくれるなんて。これからはこいつの顔を見るたびに噛みつくのはやめて、森で狩った美味しいお肉を分けてやろう。

だが、ビールドの感謝の念は、ハルの次の言葉で霧散した。

「ズルいです！　私だってまだその鞭で打ってもらっていないのに！　到底、納得できません。その駄犬に罰が必要というのなら、私が骨も残らないぐらいに燃やし尽くしてやります。ですからその鞭を振るうのは、ぜひ、私に」

気持ち悪い。

こいつ、何を言っているのか分からないけど。なんだか気持ち悪い。

ご主人を見る目がトロンとしていて、顔が赤くて、ふはーふはーと息が荒い。気持ち悪い。

森の奥の水の腐ったヘドロの臭《にお》いを嗅《か》いでしまったような不快さを感じて、ビールドは本能的に警戒して、後ずさった。臭い。気持ち悪い。こいつ、気持ち悪い。

「気持ち悪いわ、ハル」

さすがにこの発言は受け入れられなかったのか、エリスは能面のような顔でハルに告げる。

心なしか、ハルの顔が嬉しそうに輝いた。このところ、どんな発言もエリスに受け入れられていたので、嬉しいよりも戸惑っていた。気持ち悪い愛情を示すのは遠慮も配慮もないくせに、受け入れられる事には慣れていないのだ。

「申し訳ありません、エリス様。どうぞ私めに罰を。その鞭で思う存分打ってください」

ニコニコと清々しい笑顔で懇願《こんがん》するハルに近づき、エリスはそっとその髪を撫でる。

「どうしてこんな風に育ってしまったのかしら、わたくしのハルは」

ハルの耳元で、囁くように呟く。

「わたくしの美しいハルが、鞭で傷つくのは見たくないの。我慢してね？」

甘く蕩けるようなエリスの声と、優しく頭を撫でる手に、ハルの身体がガチンと固まる。

ハルは真っ赤な顔でハクハクと口を開け閉めして、狼狽えたように後ずさり、転んで、尻餅《しりもち》をついた。

そんなハルの、動揺を隠しきれない姿に、エリスは笑みをこぼした。

「ふふっ。いつも可愛いわね、わたくしのハルは」

艶《あで》やかな流し目に、ハルの心臓は破裂しそうだった。

これはいけない。これは絶対にダメだ。

焦《こ》がれて焦がれて仕方がないエリスに、こんな風に触れられたら。ハルの身体が保たない。主に、精神面が。

混乱し固まるハルをよそに、エリスはビールドに向き直った。

ビールドは嫌な予感をヒシヒシと感じていた。

まずい。ご主人おこっている。あの手にもっているやつはこわい。すごくこわい。何か良くない事が起こりそうだ。でも美味しいお肉は食べたい。でもこわい。こわいのは嫌だ。ご主人こわい。そうだ、逃げよう。逃げて、お肉をつかまえて、食べよう！

エリスに背を向け、一目散《いちもくさん》に走り去ろうとしたビールドは、何かにぶつかって足を止めた。

別の方向に逃げ出そうとしたが、四方八方を見えない壁に囲まれている。ウロウロと走り回っても、どこにも出口はなかった。

彼の背後に、恐ろしい気配が迫っている。

でも逃げ場はなくて、ビールドはヒュンヒュンと喉の奥を鳴らし、尻尾を丸めて、縮こまった。

「ビールド。わたくしね、お前にきちんと理解して欲しい事があるのよ」

ビシッと鋭い音で打ちつけられる鞭。その音はビールドの恐怖を煽《あお》っていく。

「何度も何度も言い聞かせているのだけど。今度こそ理解してくれると、期待しているわ」

夜は獣舎に帰る事。

森の魔獣は毎日食べてはいけない事。

狩りは月に一度で我慢する事。

無慈悲な女神の笑顔の躾のお陰で、ビールドはようやく、自分が何をすべきで、何をしてはいけないかを理解したのだった。

静謐の狂気　シュウ・イジーの邂逅

「シュウも昔は冒険者だったのね」

　穏やかな昼下がり。執務の合間の休憩中、突然、主人であるエリスにそんな事を聞かれ、シュウの動きがぴたりと止まる。

「わたくしが覚えている限り、シュウが冒険者として働いていた事はないと思うのだけど」

　思案げに呟くエリスに、動揺を隠したシュウが笑みを浮かべる。

「さようでございますね。私が冒険者の真似事をしていたのは、エリス様がお生まれになる前の事でございますから」

「まぁ。そんなに前の事なのね。ちっとも知らなかったわ」

「あの頃は、貴族の端くれでありながら、冒険者になるなど恥だと言われておりましたから。私もあまり口外は致しておりませんでした……」

　キラリと、シュウの片眼鏡《モノクル》が光る。穏やかな口調のまま、シュウはさりげなくエリスに尋ねた。

「それにしても。エリス様はどちらからそのような昔話をお聞きになったのでしょうか」

もしも情報源が自分の愚息だったなら。すぐにそのお喋りな口を塞ぎ、沈黙の大事さをその身に分からせなくてはとシュウは考えていたのだが。エリスの答えは意外なものだった。

「シルフィア様からよ。彼女のお父様は、シュウの知り合いなのでしょう？　どういう経緯で知り合ったのかと聞いたら、昔、冒険者仲間だったとお聞きしたのよ」

「シルフィア嬢……」

その意外な人物に、シュウは動揺を外に出さないように、表情を笑顔で固める。

「シルフィア嬢も、あまり詳しくは知らないと仰っていたわ。バーゴニー伯爵から、冒険者をしていた頃の知り合いだと言われたらしくて」

エリスの問いに、シルフィアはとても困ったのだろう。バーゴニー伯爵の過去は、誰にも漏らしてはならないと言われていたはずだから。

シュウにとって、冒険者まがいの過去など、あまり思い出したくはないものだ。

あの頃の自分は、息子のハルを笑えぬほど、愚かだったのだから。他者への影響を考えずに行動した結果、不本意な二つ名がついた。

「……あぁ、そうだわ。バーゴニー伯爵と知己《ちき》の仲だというのなら、シュウにお使いを頼めるかしら？」

物想いに耽《ふけ》るシュウに、エリスの声がかかる。

エリスはいつの間にか、手紙を読んでいた。どうやら楽しい手紙ではないらしく、面倒だという顔を隠そうともしない。机の上の封筒には、ジラーズ王国の紋が捺《お》されている。つい先日、同じ紋の封筒で、ジラーズ国王から正妃の打診があったばかりなので、嫌な印象が強いのだろう。

正妃の打診の手紙は確か、エリスの専属執事の手によって、塵《ちり》に還《かえ》ったはずである。憂《うれ》いを完全に断ち切ろうと、ジラーズ王国そのものを塵に還そうとした愚息を、懲罰房《ちょうばつぼう》に放り込んだのは記憶に新しい。

懲罰房の魔術陣を強化したので、愚息は未だにあの場所から抜け出せずにいるが、そのまま朽《く》ち果てたとしても、シュウは別に構わないと思っていた。

今回の手紙の内容は、ベルドの起こした問題に対する賠償《ばいしょう》だった。公衆の面前で侯爵家の令嬢をお飾りの妃に据えるなどと暴言を吐いた事、そして、非公式とはいえ、侯爵相手に決闘を仕掛けた事。代理で決闘を受けたのはエリスだが、普通ならそこで女性相手の決闘など思いとどまるべきを、続行し、危険な目に遭わせた事。

実際、痛い目に遭ったのはベルドだったが、そこは自業自得とされたのか。手紙には、ただエリスへの謝罪と賠償について綴《つづ》られていた。

「あら。水龍《すいりゅう》の鱗《うろこ》？　この素材、絶滅危惧種《ぜつめつきぐしゅ》だから、なかなか手に入らないのよ」

賠償の品には、金貨や宝石の他に、希少な植物や鉱物、魔獣の素材があった。

エリスは金貨や宝石などより、俄然、素材の方が気になるようだ。趣味の魔道具開発に使えるからだろう。

手紙には、お詫びも兼ねて、エリスを是非《ぜひ》ともジラーズ王国に招待したいと書かれていたが、公式に訪問などしようものなら、あの狡猾なジラーズ国王の事だ。外堀を埋められて、あっという間に妃に祀《まつ》り上げられてしまうかもしれない。

「ハルに頼んだら何をするか分からないし……。お願いできるかしら？　シュウ」

エリスが赴《おもむ》くのは悪手。さりとて、今のハルにジラーズ王国へのお使いなど頼んだら。嬉々《きき》としてあの国を更地にするだろう。

「……御意《ぎょい》」

育て方を間違った、親としての責任。鍛え方が足りなかった、上司としての責任。

2つの責任を取るべく、シュウは重々しく、エリスの願いを受けたのだった。

◆◇◆◇◆

「もういい。こんなガキ、殺そうぜ」

その無慈悲な声に、セスは打たれすぎて動かない身体を起こそうと、必死になった。

「ちっ。これだけしかないのか。娼館にも行けねぇよ」

「こんな小汚いガキが、そんな金持っているはずがないだろう。馬鹿だな」

セスの頭上で、男たちの声が聞こえる。

彼らは山賊だった。十数人で徒党を組んで、人里離れた街道や山道で商人の馬車や旅人を襲う、情け容赦のない賊だ。そんな賊に、隣村まで遣いに出ただけのセスが遭遇《そうぐう》したのは、不運だったとしか言えない。

「この近くに、村があるんだろう？　兵も常駐していない、小さな農村だ。女はそこで調達すればいい」

山賊たちが話しているのは、セスの生まれ育った村の事だ。周りは山と森と畑しかない、長閑な村。隣村までの道も、魔物すら出ないような平和な村だ。そこがこんな山賊に襲われたら、ひとたまりもないだろう。

「小さな村かぁ。あんまり稼ぎにはならないだろうなぁ。もう金も食料もないぞ」

「村なんだから食料ぐらいはあるだろ。金は女を売ればいい」

セスの脳裏に、もうすぐ嫁入りを控える姉の姿が浮かんだ。明るくて働き者の、最近めっきり綺麗になった姉の姿が。ずっと好きだった幼馴染《おさななじみ》に嫁げるのだと、毎日ソワソワと楽しそうな姉の姿が。

こんな奴らが、あんなに綺麗な姉を見たら。

もう動かないと思っていた身体が、バネのように俊敏に動いた。自衛のためにと、念のために持っていた、切れ味の良くないナイフを力いっぱい握り込んで、山賊の1人に身体ごとぶつかる。

「ぎゃあ！　イテェ！　このガキ！」

セスの渾身の一撃は、山賊の足を浅く切っただけだった。力任せに蹴りつけられ、セスの小さな身体は吹っ飛ばされ、木に激突する。

「このガキ！　ガキが！　ふざけやがって！」

切られた山賊が、顔を真っ赤にしてセスを足蹴《あしげ》にする。滅茶苦茶に蹴り上げられ、セスの口から血が噴き出した。

「こんなちっこいのにやられるなんて、ダセェな」

と、他の山賊たちが囃《はや》し立てるものだから、余計に怒りを煽り、セスはあっという間にボロボロになった。

「てめぇ。楽に死ねると思うなよ！」

ギラリと剣を振りかぶった山賊の姿が見えた。絶望的な状況に、セスは為す術もなく倒れるばかり。自分の事よりも、姉の事が、家族の事が心配だった。このままでは、セスの家族が、村が、こいつらに蹂躙される。

「畜生……！」

セスはギュッと目を瞑《つむ》り、涙をこぼした。胸のうちで姉に、家族に詫びた。守れなくてごめんと。

「見つけた」

酷く、静かな声が聞こえた。

目を瞑るセスの身体に、いつまで経っても山賊の刃は降ってこなかった。

それどころか、一切の音が消えたように、静かだ。山賊たちのがなり立てる声どころか、虫の声すら聞こえない。

恐る恐る、目を開けたセスの目の前には、信じられない光景が広がっていた。

赤かった。辺り一面が。

その赤い地面の上で、山賊たちは静かに息絶えていた。

「ひぃぃぃぃぃ」

セスはか細い悲鳴を上げて、後ずさった。先ほどぶつかった木が背中に当たり、それ以上は下がれないところまで後ずさって、セスは何が起こったのかと、きょろきょろと辺りを見回した。

そこには、異様な姿の男がいた。

別に、奇抜な姿をしていたわけではない。ただ、こんな日の暮れかけた山道には似つかわしくない姿だったのだ。

仕立てのいい、黒い執事服に身を包んだ、銀髪の男。年は若く、セスより3つか4つ上ぐらいに見えた。こんな田舎では見た事がないほど綺麗な顔をしているのに、なぜか目立たず、印象に残りにくい。

セスは執事など見た事がなかったから、綺麗な服を着たお貴族様だと、痛む身体に鞭を打って、地面に平伏した。

「お前は、近くの村の子か」

お貴族様の静かな声に、セスは震える声で「はい」と返事をした。

「お前を襲ったのは、この3人で間違いないか？」

3人？　いや、セスを囲んで殴ったり蹴ったりしたのは、4人だった。

「いえ！　あ、危ないっ！」

嫌な予感に勢いよく顔を上げたセスの目に、お貴族様の後ろから襲いかかる山賊の姿が見えた。さっき、『小用《しょうよう》だ』と藪《やぶ》の中に姿を消していた1人。その男が、剣を振りかぶって、お貴族様の背後に立っていたのだ。

お貴族様が殺されてしまう。目を閉じる事もできず、セスは息を呑んで震えるしかできなかったのだが。

ぐにゃりと、お貴族様に襲いかかった山賊が崩れ落ちた。セスは目の前の光景に、ぽかんと口を開ける事しかできなかった。

ずっと見ていたが、お貴族様はピクリとも動かなかった。ただ、山賊だけが、糸の切れた人形のように倒れたのだ。目を開いたまま倒れている山賊の表情は、どう見ても生きているようには見えなかった。

一体何が起こったのか分からず、セスの全身は急にガタガタと震え出した。

怖かった。もしかしたらこのお貴族様は、人間ではないのかもしれない。

女神の遣いか。魔物の変じた姿か。後者だったらセスの命とて、無事では済まないだろう。

「ああ。４人だな。これで依頼書にあった人数、全て討伐完了だ」

そう言って、お貴族様が取り出したのは、セスにも見覚えのあるものだった。少し離れた町にある冒険者ギルド。以前、村の近くに魔物が出た時、村長が冒険者ギルドに魔物の討伐依頼を出し、３人組の冒険者が討伐してくれた。その冒険者たちが持っていた依頼書と同じものだった。

「冒険者……」

セスの恐怖が霧散する。ああ、よかった。冒険者ならば、人間なのだろう。

お貴族様はへたり込むセスに、感情が読めない目を向けてきた。

「お前の村に、兵は常駐しているか？」

「い、いません。隣村には、兵の常駐所があります！」

隣村は、セスの村よりちょっとだけ規模が大きく、兵の常駐所がある。ここから駆けていけば、夜になる前に着くだろう。

そう答えたセスの身体から、痛みがスッと消えた。淡い光がセスの身体を覆っている。

「怪我はそれで治ったはずだ」

お貴族様はそう言って、セスの方に何かを放った。受け止めると、キラキラと輝く銀貨が1枚。

「隣村から、兵を呼んできてくれ。山賊の死体を片付けたい。それは駄賃《だちん》だ」

「お、多すぎます！」

銀貨など。セスの家族の3カ月分の食費代だ。

「それ以上小さな硬貨は持っていない。つべこべ言わずに行け」

静かな声なのに、不思議と圧が強く、セスはその声に押されるように、隣村に向かって走り出していた。

痛みも何も、綺麗に消えている。口の中に溢れていたはずの血の味まで、嘘のようになくなっていた。教会の神官様が使う、回復魔術というやつだろうか。すっかり怪我も治っていた。

隣村に向かって走りながら、セスは泣いていた。

命が助かったのだと、ようやく実感が湧いてきた。

これで家族が害される事がないのだと。姉のあの綺麗な笑顔が曇らなくて済むのだと。

それだけがただ嬉しくて、泣きながら走った。


そこからは大変だった。

お貴族様が倒したのは、隣領から流れてきた山賊だったらしく。手強く、数が多く、残忍な上に、山賊のリーダー格がやたらと頭が回るらしく、捕らえようとしても逆に返り討ちに遭っていて、冒険者ギルドでも討伐推奨《すいしょう》ランクA級パーティ以上の賊だったようだ。隣領では、ギルドや領兵たちの捕縛の手を掻いくぐり、暴虐の限りを尽くし、いくつもの村や商隊が襲われ、大きな被害が出ていたようだ。

それが。先ほどのお貴族様が依頼を受けてたったの1日。実質的には数時間で壊滅したというのだから。隣領から山賊たちが流れてきていた事も知らなかった領兵や冒険者ギルドでは、ハチの巣をつついたような大騒ぎになった。

隣村に兵を呼びに行っただけのセスも、山賊たちを倒したお貴族様も、当然の事ながら兵たちからの事情聴取や、近くの街から急いでやってきた冒険者ギルドからの事情聴取、村長や兵の偉い人、街の偉い人への事情説明とかで、その場に何時間も拘束《こうそく》される事になり。

「依頼の完了報告が、討伐より時間がかかるというのはどういう事だ」

そう、静かにお貴族様に問われ、お貴族様と並んで座らされていたセスと、同じ質問を繰り返していたお偉いさんたちは、揃って肝《きも》を冷やす結果となった。

「いえ、その。全ての聴取を取るのが規則ですので」

しどろもどろに、お偉いさんたちが言い訳をするが、お貴族様は温度のない声で告げる。

「何度も同じ事を話すのは時間の無駄だ。話を聞きたいのなら、全員そこに並んで1回で聞け。私はお前たちほど暇ではない」

お貴族様は懐から取り出した懐中時計の蓋《ふた》を開き、舌打ちすると、断言した。

「もうお前たちに付き合う時間は終わりだ。今回の指名依頼、確かに完了した」

「おい、そんな勝手な事が許されるか！　こっちだって仕事なんだ！」

すっと音もなく立ち上がるお貴族様に、お偉いさんの1人が声を荒げ、その胸倉《むなぐら》を掴もうと、手を伸ばす。先ほどから高圧的で乱暴な物言いの人だったので、セスはこっそり嫌な奴だと思っていた。

まさか山賊を倒してくれた、村の大恩人であるお貴族様に掴みかかるなんてと、お貴族様に加勢するべく、セスも立ち上がったのだが。

「馬鹿、やめろ！」

慌てて他のお偉いさんが制止するのも遅く。

お貴族様は何もしていないのに、嫌なお偉いさんは後ろにビュンと飛んで壁にぶつかり、ぐるんと白目を剥《む》いた。

「へ？」

セスは自分の見たものが信じられず、お貴族様と白目を剥くお偉いさんをきょろきょろと見比べてしまった。またた。あの時の山賊と同じく、お貴族様は手も触れずに、お偉いさんを倒してしまったようだ。

他のお偉いさんが、あーあ、といった顔で、お貴族様と飛んでいったお偉いさんを見比べている。

「申し訳ありません、イジー様。本日はもう、お帰りいただいて結構ですので」

セスとそれほど変わらない、まだ少年ともいえるお貴族様に対して、お偉いさんがペコペコと頭を下げる。それを全く気にせず、お貴族様は音もなく出ていってしまった。

残された俺と、無事な方のお偉いさんは、顔を見合わせて揃って息を吐いた。

怖かった。山賊も怖かったけど、あのお貴族様の方が、何倍も怖かった。

「馬鹿が。あの『静謐の狂気』を刺激するなど。死にたいのか、こっちまで危うく道連れになるところだわ」

お偉いさんは、白目を剥いて倒れているもう1人のお偉いさんを介抱しながら、ぶつぶつと呟いていた。


『静謐の狂気』とは何なのか。

あのお偉いさんが呟いた言葉が、セスには妙に気になった。

村に戻って、家族に無事で良かったと泣かれ、揉みくちゃにされたあと、セスは村長に事件の報告に行ったついでに、『静謐の狂気』について知っているかと尋ねてみた。

すると村長は、血相を変えて部屋のドアを閉め、セスの頭に固い拳骨《げんこつ》を食らわせたのだ。

「馬鹿もん！　その呼び名を、口に出すんじゃないっ！」

細いヒョロヒョロの爺《じい》さんのくせに、昔からこの拳骨だけは痛い。セスは頭を抱え呻いたが、諦めなかった。こんなに青くなって怒るという事は、村長は『静謐の狂気』を、あのお貴族様を知っているという事だ。

セスはあのお貴族様の事が知りたかった。眉一つ動かさずに山賊たちを殲滅したのは恐ろしかったが、なにせセスの命の恩人で、村の大恩人だ。あの時は動揺が酷くてお礼の1つも言えないままだったから、なんとかもう一度会って、お礼を言いたい。というのは建前《たてまえ》で、ただただ、会いたかった。

ピシッとした正装も。綺麗な髪と、顔立ちも。隙のない美しい動きも。何よりその容赦のない強さが。セスがこれまで見た誰よりも、あのお貴族様は、一番格好良かったのだ。

いつか自分も、あんな風に強くなれるだろうか。そうしたら、きっと。今度は自分が家族を守れるはずだ。

熱に浮かされたようにそう喋り続けるセスに、村長は深い溜息を吐いた。

「『静謐の狂気』は、ラース侯爵家に仕える、イジー子爵家の嫡男、シュウ・イジー様の二つ名だ。だがシュウ様ご本人は、その二つ名を嫌っておられるから、絶対に本人の耳に入れてはいかんのだ」

ラース侯爵家。それはセスでも知っている。セスが住む村は、ラース侯爵領にあるのだから。領主様の名前を知らない奴なんて、いるはずないのだから。

「でもどうして、そんなお方が山賊退治《たいじ》を？」

セスは知らなかったが、あのお貴族様が着ていた服は、執事や家令が身に着けるものらしく、そして、執事や家令というものは、仕える家の家事を監督するのが仕事なのだそうだ。

「シュウ・イジー様は、将来、ラース侯爵家の執事として働くべく、今は侯爵領にある侯爵邸で執事見習いをしていらっしゃる。その傍ら、冒険者としても登録しているのだ。お強くていらっしゃるので、ギルドから指名依頼が来たのだろう」

冒険者として指名依頼を受けるのは、B級ランク以上である事が必須《ひっす》条件だと、セスは知っていた。B級ランクなんて、そんな強い冒険者、今まで見た事がない。隣村のギルドにいるのは、C級ランクの冒険者ぐらいだ。

「『静謐の狂気』の冒険者ランクはS級だ。国にも1人、いるかいないかの強さだ」

「……」

凄い人だと思ったが、そこまで凄いなんて。でも本業は冒険者ではなく、ラース侯爵家の執事見習い？

なんだか色々とセスの想像を超えていて、頭がついていかない。

「3年前、東の森でスタンピードが起こりかけた事を覚えているか？」

村長の言葉に、セスは勢いよく頷いた。セスの村にほど近い、東の森。昔話で語り継がれる、女神様より賜った神聖な森だ。何人《なんぴと》たりとも、森に入る事は許されない。

人の立ち入らぬ森のため、中は凶悪な魔獣が跋扈しているが、それらが外に出て悪さをする事は、これまで一度としてなかった。

しかし3年前、突然、魔獣たちの数が爆発的に増え、森の外に出る個体が確認された。増えすぎた魔獣たちが、お互いのテリトリーを守るために激しい争いを始め、テリトリーから弾き出された魔獣が外に出たのだ。その数が増え、群れをなし始めた。

魔獣の襲来に備えて、近隣の村々は、それに備えた。備えたといっても、村の周りにあるのは獣除《けものよ》けの柵《さく》ぐらいで、そこを昼夜見守るぐらいしか村民にできる事はない。あとは魔獣たちを刺激しないように、昼でもできるだけ家の中に籠《こも》り、静かに過ごすぐらいだ。村中が警戒と恐怖でピリピリしていたのは、まだ幼かったセスもよく覚えている。外に遊びに行きたいと駄々を捏ねるセスを、母が怖い顔で叱っていた。

だがそんな緊張は、数日で解かれる事になった。

領主様の手配で、森から溢れた魔獣たちは一掃されたというのだ。村人たちは、ラース侯爵領の兵たちが魔獣を退治してくれたのだろうと、皆で喜び感謝していた。

「あの時、魔獣たちを倒したのは、シュウ・イジー様だ」

だが村長は、喜びとか感謝などとはかけ離れた、怯えを滲《にじ》ませた、青白い顔で語った。

「あの時、近隣の長を代表して、俺が見届け人として、シュウ・イジー様の討伐に立ち会ったんだ」

森から溢れんばかりの魔獣たちに対し、駆けつけた冒険者はたった1人。しかも執事服を着た、細身の少年だ。ふざけているのか、領主様は村民を見殺しにするつもりかと、周辺の村の村長たちは、そのたった1人の執事服の少年に、怒鳴りながら詰め寄った。

だが、その執事服の少年は、激昂する大人たちに怯えるそぶりすら見せず、凍《こご》えるような冷たい眼差しで、静かに言ったのだ。

「ラース侯爵家《我が主人》を愚弄するな」

底冷えする瞳と、溢れ出る怒りのオーラに、村長たちは全員、思わず後ずさった。村長たちの身体の半分もない、たった1人の少年に気圧《けお》されて、頭に上っていた血が、一気に下がっていった。

彼らのやっている事は、領主にたてつく行為だ。ただの平民である彼らが、領主に逆らう事は、すなわち死を意味する。イジー家といえば、ラース侯爵家に長く仕える、忠臣だ。その家に名を連ねるシュウに、領主を侮る言葉を聞かれたのだ。村ごと取り潰されても文句は言えない。

ガタガタと震え出す村長たちを、まるで虫けらを見るような目で睨みつけ、少年は、静かに言った。

疑うのなら、討伐についてくるがいい、と。

執事服の少年に促され、その時一番年長だった村長が、皆を代表して執事服の少年の討伐に立ち会ったのだという。魔獣は恐ろしかったが、冷えた圧を放つ執事服の少年がそれ以上に恐ろしく、逆らう事などできなかったそうだ。

今まで一度も立ち入った事のない、禁域の森。

黒々と茂る森の樹々《きぎ》。そこから恐ろしい数の魔獣が溢れ出ていた。一瞬でも均衡が崩されれば、魔獣たちは暴動を起こし、村を呑み尽くすなどあっという間だろう。

そんな恐ろしい雰囲気の森へ、執事服の少年は静かに近づいていった。

異物の気配を、魔獣たちは敏感に感じ取る。

テリトリーを追われ、混乱し、苛立ち。満足に餌もとれずにいた魔獣たちにとって、細身の少年と村長は、いい鬱憤晴らしに見えたに違いない。もしくは、しばらくぶりにありつけるご馳走《ちそう》に見えたのか。初めの1匹に気づかれた途端、恐ろしい唸り声と共に、数多の魔獣が2人に襲いかかってきた。

村長は死を覚悟したという。夥《おびただ》しい数の魔獣に、よってたかって貪《むさぼ》られて死ぬ。これほど惨《むご》く、恐ろしい死が、あるだろうか。

傍らに立つ執事服の少年は、凪《な》いだ目を魔獣に向けるだけで、剣を構えるでもなく、魔術を使うべく、呪文を唱《とな》えるでもない。やはり、こんな少年1人で魔獣討伐など、何かの間違いだったのだ。

恐怖で身動き一つできなかった村長だったが。不意に、辺りが静かな事に気づいた。

執事服の少年がぴたりと足を止める。魔獣たちの爪が、牙が、その細い身体を引き裂く寸前。

少年から波紋のように広がった何かが、一瞬で、魔獣たちの命を刈り取っていた。

呻き声すら上げず、絶命していく魔獣たち。静かな森に、魔獣たちの倒れ伏す音だけが響いていた。

『静謐の狂気』

以前、酒場で誰かが酔っぱらって、面白おかしく語った法螺話《ほらばなし》が、村長の頭をよぎる。

『静謐の狂気』という二つ名の冒険者がいる。

指1本動かさず、標的を静かに仕留める、凄腕《すごうで》の冒険者。

その男にかかれば、標的はなぜ自分が死んだのかも分からずに、気づけば全て地に伏していると。

ただ静かに、その男の周りには、死が敷き詰められるのだと。

なんだ、その荒唐無稽《こうとうむけい》なお伽噺《とぎばなし》はと、村長は酔っぱらいを小突いて、皆で大笑いしたのだ。

そんな化け物のような冒険者がいるはずがない。もう少し現実味のある話をしろと、笑っていたのに。

村長の目の前で繰り広げられたのは、あの日、酔っぱらいが語っていたお伽噺そのものだ。

静かに佇《たたず》む執事服の少年の周りには、夥しい数の死が、敷き詰められていた。

「討伐は終了だ。死んだ魔獣がいる範囲まで、森の立ち入りを許可する。魔獣の肉や素材は近隣の村で分けろ」

執事服の少年は、熱のない声で村長にそう告げて、ひらりと1枚の紙を見せた。領主直筆《じきひつ》の、森への立入許可書だ。

村長が見ただけでも、大量の魔獣が斃《たお》れていた。運搬と解体は大仕事になるが、それ以上に実入りは大きい。もうすぐ冬を迎える村々にとって、大量の肉と素材が手に入れば、助かるどころの話ではない。

「あ、ありがとうございますっ！」

嬉しげに頬を緩める村長に、執事服の少年は底の冷えた目を向ける。

「……ラース侯爵家への暴言、二度目はない。心得《こころえ》よ」

そう言われて、自分たちが領主に向けて放った暴言を思い出した村長は、その場で執事服の少年に平伏した。もし再度ラース侯爵家に対して暴言を吐こうものなら、あの魔獣たちと同じ運命を辿るのだと本能的に察して、胃の腑がひっくり返りそうなほど、恐ろしかった。

「申し訳ありませんっ！　申し訳ありません！　肝に銘じます！　他の者にも、きちんと言い聞かせますっ。二度とご領主様を疑う事など致しませんっ」

地面に額を擦りつけて、村長は謝り続けていたのだが。

気づけば執事服の少年の姿は、どこにもなかった。

村長としては、過去の恐怖体験を話す事で、セスのこの熱狂的な憧れを少しでも覚まそうという心積もりだったのだが。話し終わったあと、さらに輝きを増したセスの瞳を見て、話したのは誤りだった事を悟った。

「ス、スゲー。格好良い！　スゲェ」

もっと他に凄い話はないのかと強請《ねだ》るセスに、村長は深々と溜息を吐く。『静謐の狂気』の胡散臭い、数々の冒険譚《たん》は冒険者の間では有名で、酒の席では面白おかしく語られている。それをこんな純粋無垢《じゅんすいむく》な若者に話すのは憚られた。あんな規格外に憧れて冒険者なんて目指したら、あっという間に無理をして死んでしまうだろう。

だが既に、セスは溢れんばかりの憧れとやる気に満ちていて、村長の心配した通りの進路に突き進んでいきそうな様子だ。

「セスよ。お前、村から出て、領主様のお屋敷で学ぶ気はあるか？」

それならばいっそ、ちゃんと学ばせてやった方がいいと、村長は1つの提案をした。

ラース侯爵領は、領民への教育が他領に比べ進んでいる。村には学舎があり、村民ならば誰でも通え、簡単な読み書きや、護身術などを教えてもらえる。そこで才能のありそうな子には、侯爵家でさらに上の教育を施すのだ。

セスは村の子どもたちの中で一番勉強ができ、身体能力も高かったので、本人にやる気があるのなら、侯爵家での教育に推薦しようと思っていた。

その矢先に、あの山賊たちの問題が起こり、シュウ・イジーと出会った。これはもう、運命めいたものを感じる。

「侯爵家で……」

「ああ。今よりもっと高度な授業になるが、やる気はあるか？　生半可《なまはんか》な気持ちで……」

「やる！　侯爵家には、あのお貴族様がいらっしゃるんだろう？　やる！　絶対にやる！　弟子にしてもらうんだ！」

村長の言葉を食い気味に遮って、セスは目を爛々《らんらん》と輝かせて頷いた。

「は？　馬鹿、不敬すぎるぞ。子爵家のご子息が、平民を弟子に取るはずないだろう？　ん？　でも冒険者なら、弟子を取る事ぐらいあるか……？　いやでも、本業は執事なんだから、やはり、無理では……」

「師匠～！　俺、どこまでも師匠についていきます！」

混乱している村長には目もくれず、セスは勝手に師匠認定をしたシュウに向かって、固く誓ったのだった。

◆◇◆◇◆

シュウ師匠《し しょう》に憧れてその背中を追っているはずだった。

だがセスは、その自分の在り方に、いつしか疑問を持つようになっていた。

ラース侯爵家での高等教育。衣食住が保証され、生徒たちの適性を見極め、適性に合った最高の教育が受けられる。揃えられた教官たちも、優秀な生徒を育て上げた実績を持つ者たちばかりで、惜しみなく知識を与えてくれた。

セスはその恵まれた環境の中で、その才をぐんぐんと伸ばしていった。

小さかった身体は、若木のようにしなやかに成長した。腕も足も太く、身体の厚みも増し、丈夫になった。元々、セスには剣と魔術の才能があった。何人もの優秀な教官たちが、セスのその才能を伸ばすべく、指導に当たってくれた。そのお陰か、セスの実力は生徒たちの中でも飛び抜けて優秀だった。

シュウと再会した時、シュウはセスが山賊から救った子どもだと、すぐに気づいてくれた。

あの時のお礼もそこそこに、セスは熱心にシュウの弟子になりたいと言い募り、渋々、本当に渋々、弟子として受け入れてもらえた。以来、シュウは教官たち以上に厳しく、セスを仕込んでくれた。

シュウの強さは桁外れで、到底追いつけるなどと思えなかったが、セスはその背中を追いかけるのを諦めなかった。持ち前の粘り強さで、課せられる地獄のような厳しい試練にも耐えた。

身体を鍛えるだけでなく、セスは勉学にも励んだ。将来、貴族に仕える事になっても問題がないよう、所作やマナー、語学も叩き込まれた。お綺麗な勉強だけでなく、例えば貴族の駆け引き、詐欺《さぎ》の手口、心理戦を優位にする人心掌握術。優秀なセスは、教えられれば教えられるだけ、まるで乾いた大地に水が染み込むように、ぐんぐんと知識を吸収していった。

だけど。セスの心はいつしか、何かもやもやした気持ちを抱えるようになった。

子どもの頃に願ったように、強くなり、賢くなった。あの頃は勝てなかった山賊にだって、簡単に勝てるだろう。

今は、師匠であるシュウが取り仕切る、ラース侯爵家の『影』の一員として働いている。仕事は難しく緊張感があるが、それ以上にやりがいがあって面白い。『影』の仕事は、セスの性格にも能力にも、ピタリと合った仕事だと思えた。

でも。セスは、上手く言葉にはできないが、ここが自分の場所ではないと感じていた。

さりとて、生まれ故郷の村に帰って、家族の側で過ごしたいのかと言われたら、そうでもない。

子どもの頃は、いつか自分の手で家族を守れるようになりたいと思っていたが、各村に兵が駐在するようになった現在のラース侯爵領は、のんびりとした雰囲気も相まって、すこぶる平和だ。『影』になれる実力があるセスが村に帰っても、戦力を持て余すだろう。

現在、シュウは、影を取り仕切る傍ら、ラース侯爵領邸の執事を務めている。執事見習いだったのが、ここ数年であっという間に侯爵領邸の筆頭執事にまで上りつめてしまった。

王都の侯爵邸の筆頭執事はシュウの父親であるが、現ラース領主が息子に跡を譲るのに合わせてシュウの父親も領地に異動するため、シュウは入れ替わりに王都の侯爵邸の筆頭執事を務める事になっていた。当然、シュウの部下であり、弟子であるセスも、同じく王都に異動すると思っていた。

「セス。お前を『影』から解任する」

「え？」

突然シュウに呼び出されたセスは、解雇を宣言され、目を見張った。

「これが今日までの給金、そして退職金。そして、お前の荷物だ」

目の前の机に、皮袋に詰まった金貨を2袋、そして見慣れた自分の荷物を置かれ、セスはそれが冗談ではなく、本気だという事を悟った。この冷徹な上司が、冗談で部下を揶揄うとも思えなかったが。

「次の就職先に必要ならば、紹介状を出す。その時は連絡しろ」

「ちょ、ちょっと、待って！　ください！」

話は終わりとばかりに背を向けるシュウを、セスは慌てて呼び止めた。こんな砕けた口調で上司を呼び止めるなど、普通ならば懲罰ものだが、シュウは気にした様子もなく、振り返ってじっとセスを見つめた。

「あ、あの、師匠。私、解雇されるような事をしでかしたのでしょうか。全く覚えがないのですが」

「だろうな」

淡々と、シュウが頷く。出会った時から変わらない、その冷静さ。

こんな時ぐらい、少しは感情を表してくれないだろうか。それなりに、部下として役に立ってきたという自負はあるのだが、シュウのその表情は、少しもセスを惜しんでいる様子がない。

「で、でしたら、なぜ」

「それぐらい、自分で考えろ」

理不尽が過ぎる。

いくら尊敬する上司だからって、それはないと、セスが抗議しようと口を開いた時。

「おやおや、シュウ。随分と冷たいな」

柔らかな声がかかり、シュウが居住《いず》まいを正す。

セスも慌てて、上司に並んで背筋を伸ばした。

「お耳汚しを。失礼致しました、アレン様」

シュウが、丁寧に頭を下げる。当たり前だが、先ほどまでのセスに向けていたぞんざいな態度とは天と地ほど違う。アレンは畏《かしこ》まる2人に、おかしそうに笑った。

「ふふふ。ウチの大事な子の話じゃないか。別に構わないよ。やあ、セス。君もそんなに畏まってないで、楽にしたまえよ、楽に」

そう言って、アレン・ラースは、侯爵家の長男とは思えぬほど気さくに、セスにひらひらと手を振った。ラース侯爵家は次男が継ぐ事になっており、アレンはこのラース侯爵領の管理を一任されているのだが、偉ぶったところが微塵もなく、領民たちとの距離も近いため、およそ貴族らしさを感じられない。

だがやはり、ラース侯爵家の一員らしく、その功績は凄まじいものだった。アレンは魔獣の研究に心血《しんけつ》を注いでおり、現在、騎士団や冒険者ギルドで共有されている魔獣の生息地や生態、討伐方法などの知識は、ほとんどがアレンの研究により、もたらされたものだ。この研究のお陰で、討伐不可能だと言われていた魔獣も狩れるようになり、これまで、いくつの命が救われたか分からない。

もちろん、ラース侯爵家らしく、その功績は、表向きは王家の研究機関により解明された事になっている。アレン曰《いわ》く、研究さえできれば、その結果がもたらすものには興味がないそうだ。逆にその功績に群がる有象無象《うぞうむぞう》に対応する方が面倒だと、王家に成果を譲る事を、むしろ喜んでさえいた。ラース侯爵家の血筋らしいといえばらしいが、彼は魔獣の研究さえできれば他はどうでもいい、魔獣狂いなのだ。

「……アレン様。随分と昨晩は遅い帰りでいらっしゃったようですが。どちらにお出かけだったのでしょうか？　私、ご予定をお聞きしていなかったのですが」

穏やかに微笑むシュウだったが、主人に対するその問いかけには、有無を言わさぬ圧があった。アレンの表情に、まずいぞ、という焦りが滲む。

「え。えーっと。ちょっと。うん、研究が、捗《はかど》っちゃってね」

「お付けした護衛たちから、撒《ま》かれてしまったと報告があったのですが」

不甲斐ない部下たちで申し訳ないと謝罪するシュウだが、言外《げんがい》に主人の危険な振る舞いを責める響きが感じられた。あくまで、セスが勝手にそう思っただけだ。シュウの声音には、主人に対する労わりと敬意が、存分にこめられているのだから。

「い、いやぁ。護衛たちは何も悪くないよ。勝手をした僕が悪いんだ。あまり護衛たちを責めないでやっておくれ」

「お優しいお言葉、感謝致します。しかしアレン様。御身の安全のためにも、あまり護衛を遠ざけるのはおやめください。私の鍛えた護衛たちは、東の森程度で根を上げるような、柔《やわ》な者は1人としておりませんので」

あくまで穏やかに苦言を呈する筆頭執事に、アレンは眉を下げて「分かった、分かった」と降参した。

東の森といえば。ラース侯爵領では禁忌の森と言われる、手つかずの森だ。女神によりもたらされたと言われる森は、強力な魔獣たちの巣窟《そうくつ》となっている。決して人の手で犯してはならない神聖な場所だと、セスは小さな頃から大人たちに教えられていたのだが。

知りたくなかった。東の森は昔からラース侯爵家の実験場であり、現在は領地を管理するアレンの魔獣研究の箱庭になっているだなんて。アレンは幼い頃から、この東の森の魔獣たちの生態解明に、何かに取り憑《つ》かれたかのように没頭しており、自ら森に魔力を注いで、好き勝手に魔獣たちを変異させていたのだ。

そう。セスが以前、村長から聞いたスタンピードの話。突如、森の魔獣たちが増え、溢れ返って大惨事が引き起こされる寸前に、『静謐の狂気』の活躍で、事なきを得たあの英雄譚。

実のところ、あの話は、英雄譚でもなんでもなかった。実験でアレンが魔力を注ぎ込みすぎた結果、森に住む魔獣たちが大いに活性化し、スタンピードになりかけた。事態を収束すべく、冒険者の肩書きを持つシュウが、領主の命を受けた体《てい》で、増えすぎた魔獣を間引きした。つまり、やらかしたアレン主人《ひと》の代わりにシュウが尻拭いをしただけだった。

あの時に感じた純粋な憧れを返して欲しいと、真実を知った時、セスは思ったものだ。あの話が、セスがシュウの背中を追いかける契機にもなっているのだから。

「でもねぇ。あの森は、僕の庭みたいなものだから、それほど心配しないでおくれよ。シュウだって、あの森の魔獣たちが、僕に懐いているのは知っているだろう?」

「おや。懐いていたのですか? それは存じ上げませんでした。報告では、魔獣が牙を剥き出しにして襲いかかってきたとありましたが?」

「そうだよ。牙を剥き出してくるのは、信頼の証《あかし》さ。僕はそのお礼に、首を押さえて、牙が何本生えたか数えているんだ。凄いよ、大猿の牙はね、魔力で進化すると、2枚歯になってさらに鋭くなってね、こう、獲物を引きちぎる時に、すり潰すように……」

「アレン様」

キラキラとした目で魔獣を語り出すアレンを押しとどめ、シュウはニコリと微笑む。

「その研究のために、アレン様が自ら、大猿の口の中に頭を突っ込んで、牙の観察をしていたと、護衛たちから報告を受けたのですが、本当ですか?」

「う、うん?」

「慌ててお止めした護衛たちを、邪魔をするなと、まとめて転移魔術で屋敷に送り返したとか」

「ええっと。それはねぇ……」

きまり悪そうに、アレンはチラッチラッとシュウに視線を送るが、シュウは笑みを崩さない。

「素人ながら、アレン様のなさった事は、大変、危険な行為かと。万が一にも魔獣の牙で傷ついた時に、お側に誰もいないとあっては、私は不安でございます」

くどくどと諭すようなシュウの口調に、とうとうアレンは折れた。

「ううーん。ごめんよ。次からは、何かあった時のために、護衛は側から離さないようにするよ」

「ご理解いただけて、ようございました」

にこりと微笑むシュウに、「あーあ。シュウには勝てないなぁ」と、アレンはぼやいた。

「それはそうと。セスは『影』を辞めるのかい？」

頭を下げたままアレンとセスのやり取りを聞いていたセスは、突然、話の中心に引っ張り込まれて焦った。たぶんアレンは、これ以上シュウからお説教をされるのが嫌で、セスの話題に移ったのだろう。シュウは、まだまだお説教が足りないぞという顔をしていたが、話を中断する様子はなかった。

「は、はい。あ、いいえ！　まだ解雇の理由を伺《うかが》っておらず、私には何が何やら……」

セスは神妙な面持ちで、項垂れた。一体、自分は何をしでかしてしまったのか。先ほどから頭をフル回転させて考えているが、全く理由は分からなかった。

「それぐらいも分からないのか」

途端に飛んでくる、シュウの冷たい言葉。酷い。先ほどアレンに向けていた慈愛の心を、ほんの少しでも分けてくれても罰《ばち》は当たらないのではないだろうか。これまでラース侯爵家のために陰日向《かげひなた》なく働いてきた弟子に対して、当たりが強すぎる。

「シュウ・イジー」

それまで飄々《ひょうひょう》としていたアレンの声音が、逆らいがたい圧を纏う。

口を閉じ、姿勢を正したシュウに、アレンは柔らかく告げた。

「お前には、もうすぐ王都でラース侯爵家の筆頭執事を務めてもらう事になる。我が大事な弟を支える右腕として、働く事になる」

息を吸い、吐き、言葉を一つ一つ発しているだけなのに。アレンから恐ろしいほどの威厳を感じて、セスは顔を上げる事ができずにいた。

「お前は我が侯爵家を支える者たちを束ねる、筆頭執事になるのだ。言っている意味は分かるね？」

アレンの言葉をシュウが受け、恭しく頭を下げる。

「誰もがお前のようにできるわけではない。自分で考えろと突き放すのも、時には大事かもしれないけど。若人《わこうど》の未来のためには、言葉を惜しんではいけないよ」

「は。軽挙でした。申し訳ありません」

腰を曲げ、美しく礼をするシュウに、アレンはニコリと微笑む。途端に元の気さくな雰囲気に戻り、その場の空気は一気に軽くなった。

「ちゃんと教えてあげないと。セスは、自分がどうして解雇されたのか分からないまま、世間を彷徨《さまよ》う事になるだろうからね。時間を無駄にしないように、スパッと理由を教えた方がいいよ」

解雇になるのは決定事項で、覆る事はないようだ。

そこにショックを受けつつも、何も分からないまま放り出されるよりははるかにましだと、セスは早々に気持ちを切り替える事にした。自棄《やけ》になったともいう。

「セス、お前は……」

そうして上司から告げられた解雇理由に、セスは酷く困惑したのだった。

◆◇◆◇◆

「ようこそいらっしゃいました。師匠」

「その呼び名はおやめいただけますか」

久々に再会した師に、開口一番苦言を呈され、バーゴニー伯爵は苦笑を漏らした。

「ではなんとお呼びしましょうか。シュウ様と？」

「身分的には貴方が上でしょう。呼び捨てでもなんでも、構いません」

しばし頭の中で練習してみたが、身についた習性というものは変えがたく、バーゴニー伯爵は早々に諦めた。

「申し訳ありません。無理なようなので、やはり師匠とお呼びします。敬語もそのままで。言葉が乱れると容赦なく師匠に制裁された記憶が蘇りますので、ご容赦ください」

バーゴニー伯爵に澄ました顔でそう言われ、シュウの眉間に皺が寄る。

「随分と、強《したた》かになりましたね」

「師匠の教えが良かったもので」

昔はシュウに萎縮《いしゅく》して、こんな風に言い返す事もできなかった。

「随分と悪い師匠がいたものです」

返すシュウだって、昔はこれほど、柔軟ではなかったはずだ。

シュウをジラーズ国王の待つ謁見の間に案内すると、ジラーズ国王は嬉しげにシュウを歓迎した。

「おお。『静謐の狂気』よ。よくぞ参った」

「……その呼び名はご容赦ください」

苦笑するシュウに、ジラーズ国王は揶揄うように笑った。

「おお。そうであったな。では、改めてシュウ・イジー子爵。ようこそ我がジラーズ王国へ。余は其方を歓迎するぞ」

「過分なお言葉、感謝致します」

もちろんシュウは正式な入国の手続きをとっていない。いつもの通り、転移魔術を使用しての密入国だ。そしてジラーズ国王への謁見には、バーゴニー伯爵と彼の部下の影たちという、必要最小限の人数しか立ち会っていなかった。

ジラーズ王国が、ラース侯爵家に謝罪の品を送るなど、公にできる事ではないからだ。

「それで。此度の詫びの品は、エリス嬢の眼鏡に適いそうかな？　前にお送りした手紙は、随分と機嫌を損ねてしまったようだからな」

こちらを探るような様子に、シュウは笑顔で頷いた。エリスが希少な魔獣の素材を特に喜んでいた事を告げると、あからさまにホッと息を吐く。

ジラーズ国王からの求婚の手紙にエリスが激怒していたのを、セスの娘か息子からでも聞いたのだろう。

「ですから、求婚などおやめなさいと申し上げたのです」

「そうは言うがな、セス。あれほど素晴らしいご令嬢なのだぞ。なんとしてでも我が国に迎えたいと思うのは、当然ではないか。息子がダメなら余のような、年上の男が好みかもしれないだろう」

「陛下……。それはうぬぼれが過ぎるというものです。それで親子して袖《そで》にされているのですから、呆れてものが言えません」

主従の軽妙な掛け合いに、シュウは目を細める。

シュウはセスを問答無用で影から追い出した、あの時の事を思い出していた。

◆◇◆◇◆

「セス。お前は能力的にも、性格的にも、影に向いていると思う」

「でしたら、なぜ辞めろと……？」

わけが分からないという顔のセスに、シュウは静かに告げる。

「お前が、影に向いているからだ」

「は？」

「主人の定まらぬ影など、私の部下としては不要だ」

主人。そう言われて、セスは戸惑うようにアレンを見た。セスが仕えるのは、ラース侯爵家。そうなれば、今現在、セスの主人はアレンの父である、ラース侯爵だ。

「ふふふ。セスは僕らが主人だなんて、思っていないだろう？」

アレンの指摘に、セスは慌てて首を振る。

「そんな、私は、誠心誠意、ラース侯爵家に仕えて」

「うんうん。そうだね。君は一生懸命仕えてくれていると聞いているよ。それは疑っていないよ」

ニコリと、アレンが朗らかに笑う。

「あのね、セス。シュウはね、ラース侯爵《僕ら》家のためなら死ねるんだよ」

さらりと、当然のように言われた言葉に、セスの思考は一瞬停止した。

「一生懸命仕えてくれるとは分かっているけど。君にその覚悟はあるかな？」

そう言われて、即座に頷く事が、セスにはできなかった。

これまで、危険な任務もあった。死を覚悟した事だって。だが改めて、ラース侯爵家のために死ねるかと問われれば、何かが違うと思えた。

「私は……」

「別に責めているわけではないんだ。君は、シュウのあとを追っかけて、影にまでなったんだ。その能力は評価すべきだと思っているよ」

アレンの称賛に、シュウが同意するように頷く。

「なまじお前に力があるだけに、そのままラース家に仕えるのは、もったいないと思ったのだ」

「もったいない……？」

シュウの言葉に、セスは首を傾げる。

「ラース家を出て、心から仕えたいと思う方を探せ。その方が、お前は活きる」

「ですが、私は、ラース家に育てていただいた恩が」

『影』になるために、それこそラース侯爵家から、あらゆる教育を叩き込まれたのだ。ここまで時間と金をかけて育て上げたのに、その『影』が他家に仕えるような事があれば、大損《おおぞん》ではないか。

「そこは別に構わないよ。僕らは、人を育てる事に興味はあるけど、その後の進路なんて、どうでもいいからね」

アレンが笑いながらそう言い切る。確かにセスだけでなく、高等教育を受けた者たちは、就職先やその後の進路には干渉されなかった。普通なら、育ててもらった恩を返せと、ラース侯爵領内に留められるのだろうが、好きな進路を選べたし、なんならスムーズにその進路に進めるよう、ラース侯爵家が助力してくれたのだ。だから、卒業生たちの進路は、国に勤めたり、他の高位貴族に仕えたりと、多岐にわたる。

だが、セスのように特殊な仕事に就く者まで、自由にしてもいいのだろうか。

アレンは、人を育てる過程が面白いのであって、何か目的があって教育を施しているわけではないと、あっけらかんと言い切った。

「まぁ……。我が家に害を与えるような真似をされては困るけど。その時は排除してしまえばいい事だし」

ぼそりと小さく呟くアレンの言葉は、幸いにもセスの耳には届かなかった。

「だからね。シュウが手塩にかけて育てた弟子だもの。能力を十分に活かせる場所で働かせてみたいと思ったんだよ」

ラース侯爵家に仕えて、恩を返すはずだった。これからも、シュウの背中を追いかけて、生きていくものだと。

だけど。セスはこのままそうして生きていく事への違和感が、どうしても拭えなかった。ラース侯爵家の人々は、確かに凄い人たちだが、凄すぎて守る意味があるのかと、ついつい考えてしまうのだ。ラース侯爵家は、有能な使用人をそれこそ数えきれないほど抱えている。セスなど、いてもいなくても大差はないと。

そうか。俺は、主人が欲しかったのだ。

セスが唯一無二と認める主人を。セスを頼りにしてくれる主人を。

シュウが、ラース侯爵家にそれこそ命を懸けて仕えている事は理解していた。

そんな風に、俺も命を懸けても惜しくないと思える人に、出会ってみたいと思っていたのだ。

もやもやとしていた胸の内がストンと整理されて、セスはスッキリとした気分になる。

そうすると不思議なもので、ラース侯爵家をクビになったショックだとか、理不尽な扱いに対する反発だとかが、するりと消えていた。

「難儀な弟子だ」

「あはは。その辺はシュウに似ているじゃないか。君は下の者たちに、絶対にその地位《一番の忠臣》を譲る気がないだろう？」

アレンに図星を指されたのか、シュウは珍しく頬を染めた。美形なのになぜか印象の薄いシュウの、そんな表情は珍しい。

コホンと咳払いをして、シュウはセスをじっと見据えた。

「一度、主人に仕えると決めたからには、最後まで付き従え」

いつもの師匠の教えを、セスは背筋を伸ばして聞く。もしかしたら、これが最後の教えになるかもしれない。

「良い出会いが、あるといいねぇ。出会えない可能性の方が高いけど」

「出会う前に、死なないといいのですが」

温かいようでどこか酷い言祝《ことほ》ぎを2人から受けて、セスは晴れ晴れとした気持ちで、ラース侯爵家をあとにしたのだった。

◆◇◆◇◆

不肖《ふしょう》の弟子は、どうやら良い主人と出会えたようだ。

目の前で楽しげにやり合うジラーズ国王とバーゴニー伯爵の姿を眺めながら、シュウは笑みを深めた。

いつも熱心な弟子だった。全力でシュウに挑み、ボロボロにされても決して諦めず、慣れない勉学にも弱音一つ吐かずに挑んでいた。

初めは、面倒な子どもに懐かれたものだと、辟易していたのだが。いつの間にかシュウも、小さな弟子の成長を見守るのが楽しくなっていた。

だが、いつからだろう。弟子の顔に憂いが浮かぶようになったのは。

そつなく仕事をこなし、大きな失敗もしない。何も問題なく、順調に過ごしているように見えた。

小さな頃からの口癖だった、「師匠をいつか超えてみせる」という目標も、口にしなくなり。

出来は良いが、なんとも面白みのない男になっていた。これが成長したというのなら、なんとももの哀しいと思ったものだ。

このまま自分の側にいれば、弟子はなんの波風もなく、順調に日々を過ごすかもしれない。

だが、シュウは彼に知って欲しかった。人生はこんなものだと、大人のように悟るのではなく、貪欲《どんよく》にあがく事で得られるものを。

自分にどこか似ている弟子は、主人を定めれば、満たされる事を知るかもしれない。

そうでなくても、彼が心の底から打ち込める何かに出会えればと、シュウは弟子を手放す事に決めたのだ。このまま、師匠の背を追いかけるという、幼い頃の目標だけで満足している弟子を自由にして。どう変化するか見たかったのだ。

ジラーズ国王と弟子が出会ったのは、ジラーズ王国の混乱の最中だったと聞く。

そんな状況だったからこそ、共に困難を乗り越えた主従は、固い信頼で結ばれているようだ。

あの頃とは比べ物にならないほど、生き生きとした表情をしている弟子に、シュウは、嬉しくなる。あの時、共に若人《わこうど》を見送った、領地のアレンにも、見せてやりたいぐらいだ。

「本当に申し訳ございません、師匠」

バーゴニー伯爵に、眉を下げて謝られて、シュウはゆっくりと背筋を伸ばした。

「構いません、バーゴニー伯爵。我が主人も此度の謝罪を受け入れると申しておりますので」

「それでだな、イジー子爵。あの魔力鞭なのだが。なんとか余にも1本、融通《ゆうずう》してもらえんだろうか」

「陛下！」

謝罪だとかなんとか言っていたが、やはりそちらが本命だったかと、シュウは笑みを浮かべた。バーゴニー伯爵が慌てて制止するが、ジラーズ国王は、面白そうに目を輝かせている。

一国の王が口に出した要望だ。きちんと答える義務が、シュウにはある。

魔力鞭は、魔力剣に匹敵《ひってき》するぐらい、画期的な魔道具だ。ロメオ王国にとっても大事な交渉材料であり、何より、シュウの主人が作り上げた大事な作品だ。エリスは、自分の作った魔道具が、自分のあずかり知らぬところで勝手に扱われる事を厭う。

主人の憂いになりうる事を、ラース侯爵家の筆頭執事が、許すはずもない。

ふわりと、シュウの身体から静かに魔力が漏れ出た。

『静謐の狂気』。その名に相応しい、静かな恫喝《どうかつ》に、気安げだったジラーズ国王の顔色がみるみる青くなる。

「ジラーズ国王陛下。本日のこの場は、我が主人への謝罪のためと伺っております」

笑みを浮かべたまま、隠す気のない殺気を漲らせ。シュウはひたとジラーズ国王を見つめた。

バーゴニー伯爵が、ジラーズ国王の前に庇うように立ち、暗器に触れる。

おや。とシュウは弟子の行動に目を細める。

本当に、命を懸けても惜しくない主人に出会えたようだ。

それならば全力で相手をしてやろうと、シュウは動こうとしたのだが。

「すまぬ！」

ジラーズ国王の大音声《だいおんじょう》に、シュウの身体に漲っていた殺気が霧散する。

堂々とした体躯を小さく丸めるようにして、ジラーズ王国の国王が、一子爵であるシュウに、頭を下げていた。

「陛下！　おやめください」

非公式の場とはいえ、国王が頭を下げるなど、あってはならない光景に、慌てふためいたバーゴニー伯爵が暗器から手を放した。

残念ながら、久しぶりの弟子との再戦は、叶わないようだ。

「すまぬ！　詫びと言いながら、欲を出してしまった！　本当にすまぬ。あの鞭を扱うエリス嬢が、格好良かったもので、つい……」

謝りながら、段々と尻すぼみになるジラーズ国王の言葉に、「陛下……」とバーゴニー伯爵は情けない声を上げる。

どうやら、国益というよりも、強い鞭を振るう事への憧れの方が強かったようだ。子どものように反省するジラーズ国王に、シュウはどこか己の主人に通じるものを感じて、溜息を吐く。

「ジラーズ国王のお気持ち、しかと受け取りました。我が主人へのお気遣い、感謝致します。これで、お暇《いとま》させていただきます」

すっかり興が削がれたシュウは、魔力と殺気を綺麗に収めると、恭しく辞去の挨拶を述べた。受け取るものは受け取ったし、長居をする理由もない。

「師匠、本日は、重ね重ね、本当に申し訳ありませんでした」

「いえ……。貴方も苦労しているようですね」

律儀に見送りに来た弟子に深く頭を下げられ、シュウは同情せずにはいられなかった。

やはり、親子と言うべきか。

考えなしで、周囲を掻き回すのは、彼の息子《ベルド》とよく似た悪癖《あくへき》だ。

「陛下は……。普段は尊敬できる方なのですが、どうにも、悪ふざけが過ぎる事がたまにあるのです」

困ったように頭を掻く弟子の顔には、それでもジラーズ国王に対する敬意が溢れていた。良い主人に出会えたのだと、その表情からも読み取れる。

「先達《せんだつ》からの余計な言葉と思って、聞き流していただいても、いいのですが」

シュウはそう前置きして、柔らかに微笑んだ。

「主人には、ただ諾々《だくだく》と従うのではなく。必要ならば、躊躇いなく諫める。それが、仕えるという事です」

その言葉に、バーゴニー伯爵は、思い出す。

懐かしい、ラース侯爵領で。シュウがアレンを諫めていた姿を。

主人の健康を気遣い、安全を守るため、穏やかに、だが諫めるべき事はしっかりと告げていた。

あんな風に、毅然と主人を諫める事も、仕える者として必要なのだ。

「……っ、はい、師匠！」

バーゴニー伯爵は、姿勢を正して返事をした。

もういい年の、部下も何人もいる弟子なのに。その姿が、シュウには弟子の小さかった頃と同じに見えて、ついつい笑みがこぼれてしまった。

師として、弟子に送る言葉は、これが最後になるだろう。

シュウは踵《きびす》を返し、ジラーズ王国をあとにした。

マーヤの報われない恋

「あー！　また！」

女性の声と共に、暗く閉ざされたカーテンが音を立てて開かれる。

突然室内に溢れた光に、エリフィスは目を瞬く。カーテンと共に開かれた窓から風が入り、澄んだ冷たい空気と草の匂いが鼻腔《びくう》をくすぐった。

「エリフィス副長官！　また徹夜したんですね？　あぁ、食事にも手をつけていないっ！」

床に散乱する書類、なんだかよく分からない素材、ひっくり返った実験器具。陽の光に照らされ、露わになった部屋の中は雑然としている。

ごちゃごちゃとした机の上に、夕食のトレーが昨夜のまま置かれているのを見て、女性の眉がキリキリと跳ね上がる。

「そんなんじゃ、身体を壊すって、何度申し上げれば理解してくださるんですか？」

「朝か……？」

窓から燦々《さんさん》と差し込む光にエリフィスがそう呟くと、目の前の女性は、ピリリとした声を上げる。

「昼です！　食堂から、昨日の夕食のトレーが返ってきてないし、朝食にもいらっしゃらないって連絡が来たんです！　このトレー、昨晩、私がこちらに置いたのと寸分違わないという事は、全く手をつけていらっしゃいませんね？」

「……う。すまない。つい、実験に夢中になっていて……」

か細い声でぼそぼそと言い訳をするエリフィスを、マーヤは睨む。昨晩、夕食をとるようにガミガミと注意するマーヤに、『ちゃんと自分で食べるから置いといてくれ。子どもじゃないんだ』と唇を尖らせていたのは、どこのどいつだと、文句を言ってやりたかったのだが。

「それにしても……。なぜ私の食堂利用状況が、君に報告されているんだ？　マーヤ」

心底不思議そうに問われ、マーヤは動揺したように顔を赤らめて、唇を尖らせた。

「しょ、食堂のおばちゃんが、副長官の事をすごく心配しているんですよ。副長官は研究に夢中になると食堂に来なくなるから、私が呼び出されるんです！　べ、別に、私が、副長官を心配して、食事管理をしているわけではありませんから！」

「なんと……！　食堂のマダムたちは、何百人もいる職員の食事状況を把握しているのか？　プロフェッショナルなんだな」

徹夜明けの目をしょぼしょぼさせながら感動しているエリフィスに、マーヤは呆れる。最年少で魔法省副長官に上りつめた天才は、魔術以外はポンコツのド天然である事は、あまり知られていない。

食堂のおばちゃんが、何百人もいる職員全ての食事を把握しているはずがない。エリフィスだから把握しているに決まっているじゃないか。

エリフィスは、その涼やかながら色香《いろか》の漂う美貌と、圧倒的な実力で、ありとあらゆる女性から人気があった。外を歩けばご令嬢たちに囲まれ、食堂に行けばおばちゃんたちに大盛りのおまけやサービスをもらっているというのに、本人は全くそういった女性たちに無頓着《むとんちゃく》である。

「それよりも見てくれ、マーヤ。出来上がったよ」

無精髭《ぶしょうひげ》が生え、髪はぼさぼさ、薄汚れたシャツに、寝不足と過労で青白い顔。そんな徹夜明けのヨレヨレな姿のくせに退廃《たいはい》的な色香を醸《かも》し出している上司に、マーヤはうっと顔を赤らめた。このまま近づかれると、色香にヤラれてしまいそうだ。

エリフィスが嬉しそうに見せてくれたのは鞭だ。黒く艶《つや》やかな長鞭。

「わぁー、出来上がったんですね！　綺麗……」

マーヤは目を凝《こ》らして長鞭に鑑定魔法をかけた。魔獣のたてがみから鞭の皮に練り込まれた、魔石への魔力伝達回路。魔力を効率良く循環させるために最も良い分率。鞭の端から端まで完璧に作り込まれていて、芸術品のようだ。

エリフィスには様々な能力があるが、魔道具製作に関しては群を抜いた才能を見せる。マーヤは部下として、彼の作り出す沢山の魔道具を見てきたが、そのどれもが言葉では言い表せないぐらい素晴らしいものだった。

もちろん、エリフィスの部下であり、助手でもあるマーヤは、これらの魔道具を、元は誰が生み出したのか知っている。発想とそれを実現させる実力は、本当に凄いと思う。

エリフィスは、彼《か》の人が生み出した魔道具に改良を加え、より実用に耐えうるまでに昇華させる手腕に長けていた。彼の人がアイディアを出し、エリフィスがそれを形にする事で生み出される魔道具。魔道具を開発する上で、２人がかけがえのないパートナーである事は間違いない。

マーヤは鞭の柄についた飾り紐に、視線を向けた。無骨《ぶこつ》な鞭につけられた銀の飾り紐。少しでも彼の人に相応しいようにとつけられた、美しい装飾。

だけど。

「……蒼い飾り紐でも、よろしかったのではないですか？」

鞭の完成を喜ぶであろう彼の人を思い浮かべ、嬉しそうに頬を緩める上司を見ていたら、マーヤはそう言わずにはいられなかった。上司の蒼髪のように、深い青の飾り紐だって、絶対にこの鞭には似合うのに。彼の人は蒼い飾り紐だって、絶対に喜んで受け取ってくれるだろうに。

だがエリフィスは、穏やかな顔で首を振った。

「我が君が、一番お好きな色が相応しい」

そう言って、愛おしげに、だけどどこか寂しそうに鞭を撫でる上司に、マーヤはもどかしく胸が締めつけられた。

◆◇◆◇◆

「なぁんて言うのよー。もうどうしたらいいの、わたしー！」

「マーヤうるさい。人が少ないからって、食堂の真ん中で上司への愛を叫ばないで」

フォークとナイフを持ったまま、突然叫び出した友人に、ドナは遠慮なく、突っ込みを入れる。

「あ、あ、あ、あ、愛なんてっ！　ばか、ドナ。なんて失礼な事をっ。私のこれは、敬愛とか、尊敬とか、そういう、そういうのだからっ」

ぼぼぼぼぼっと真っ赤になって、あわあわと無駄に両手を振り回すマーヤに、ドナは面倒臭そうな顔をする。見た目はふわふわ可愛い系のドナだが、中身は非常にシビアなリアリストだ。

可愛い見た目だけでふわふわガールだと判断して近寄ってきた男たちは漏れなく、痛烈な言葉でドナに切り捨てられる未来を辿る。

「いや、どこをどう見ても、あんたのそれは敬愛じゃなくて恋愛のラブでしょ。自分でも分かっているくせに、誤魔化してどうするのよ？」

「ううううー」

スプーンを握りしめ、真っ赤な顔で悶《もだ》えるマーヤに、ドナは冷めた目を向けていた。

マーヤとドナは幼馴染だ。２人はラース侯爵領の小さな村の出身だ。ラース侯爵領は教育機関が整っており、領民なら誰でも通える学舎で数年学んだあと、２人とも優秀だったため、さらに上の教育をラース侯爵家で受けた。

２人とも魔術師としての適性があり、マーヤは主に魔道具作りに長けていたので魔法省に入り、ドナはゆるふわな見た目からは想像がつかないが、攻撃魔術が得意なので、魔術師団に所属している。ちなみに適性は火魔術で、敵兵も魔獣も、得意の業火《ごうか》で、ばったばたと容赦なく倒すところから、『紅蓮《ぐれん》の姫』という恥ずかしい二つ名がついていた。本人は非常に嫌がっているが。

「あんたもさぁ。そんな報われない初恋、よく6年も抱えていられるわよねー」

甘い恋愛小説の主人公みたいな見た目のくせして、ドナの恋愛観は非常にドライだ。見込みがない相手に何年も片思いするなど、時間の無駄だと思っているし、自分に興味のない男など、塵芥《ちりあくた》と同じだと思っている。

ドナみたいに切り替えられたら楽だろうけどと、マーヤは苦笑した。彼女だって分かっているのだ。自分の恋が実る事がないのは。

「だって。目が離せないのだもの」

マーヤの片思いの相手、魔法省副長官のエリフィスに出会ったのは、マーヤがまだ子どもの頃だ。

エリフィスは、ラース侯爵家で高等教育を受ける子どもたちの、教官だった。

エリフィスが教官だと名乗った時、子どもたちは皆驚いた。彼は、そこにいた子どもたちと同じ年代の、少年とも言える年齢だったからだ。

その時、既にエリフィスは魔法省への入省が内定しており、就職までのわずかな期間だったが、ラース侯爵家への恩返しで、教官として働いていたのだ。

エリフィスは他の教官と同様に容赦なく厳しく、そして誰よりも強かった。でも教え方は丁寧で分かりやすく、生徒が理解できるまで根気よく教えてくれた。

年齢も近いせいか、生徒たちは皆、エリフィスに懐いていた。短い間しか教えてもらえない事を、とても残念だと感じるぐらい。教官というよりは、年の近い兄のように感じられた。兄弟がいたのだろうか、年下の子の面倒見が良かったのも、そう感じた要因だろう。

マーヤも、そんな生徒たちの1人だった。もっと教えて欲しいと思ったし、その時はエリフィスに憧れてはいたが、恋心まで抱いてはいなかった。兄のようで、凄く出来る先輩のようで、あんな風になりたいという憧れの方が強かった。それに、その頃は高等教育についていくのが一杯一杯で、何より、将来の進路に悩んでいた。

ラース侯爵家は、領民の教育に力を注いでいるが、高等教育を受けたからといって、その後の進路を縛る事はない。普通なら、世話になったのだからラース領のために働けと、就職先を領内に制限されそうだが、領内どころか、領外、または国外に出る事も特に制限されていないのだ。

てっきり高等教育を受けたあと、ラース領での就職になると思っていたマーヤは、本当にいいのかと教官に何度も確かめた。しかし返ってきた答えは、いつも同じ。ラース侯爵家は、領や国を発展させるために人材を育成しているのではなく、人材育成をする過程を楽しんでいるので、問題ない、と。貴族の考える事はよく分からないと、マーヤは思ったものだ。

だから、マーヤは悩んでいた。このまま領内に留まれば、仕事はいくらでもある。実家も近くて安心だ。しかし、王都で働くのも魅力的だ。一度は領の外に出て、広い世界を見てみたい。

そんな悩みをエリフィスをはじめとする教官たちに相談しつつ、将来を模索していたのだが。

なんとなく、聞いてみたのだ。魔法省への入省が決まっているエリフィスに、ラース侯爵領を離れる事に躊躇いはないのか、王都に行く事に不安はないのかと。

エリフィスはそんなマーヤの疑問に、いつものように丁寧にしっかりと、エリフィスの考える王都へ行く事のメリット、デメリットを答えてくれた。

そして、揺るぎない瞳で、こう付け加えた。

「我が君のためなら、最善を尽くすまで」

だから、どこへ行こうと、自分のするべき事は同じなのだから不安はないと、翠眼《すいがん》を細め、誇らしげに微笑むエリフィスに、マーヤは胸を撃ち抜かれた。

想い人を胸に、迷いなく立つその姿に、心の全てが持っていかれてしまったようだった。

これが恋だと気づいた時は、エリフィスが既に、魔法省へ入省するために王都に行ってしまったあとで。

気づいた瞬間、マーヤはエリフィスを追って魔法省に入る事を決めた。

散々、ラース領に残るか、王都に行くか悩んでいたのに、清々しいぐらい、心はそう決まった。思い切りがいいのが、マーヤの長所なのだ。

元々、性格的にも魔術師団よりは魔法省の方が合っていたし、入省試験に受かる自信もあった。平民という点は不利ではあるが、身分差というものは、どこに勤めたからといってなくなるものではない。逆に、エリフィスというとんでもなく優秀な平民が先に魔法省に入省しているので、他の就職先よりも、平民に対する風当たりは弱くなるのではなかろうか。

そんな打算がありつつも、好きな人の側にいられる。それだけで、マーヤは悩みに悩んでいた自分の進路を、あっさりと決めたのだが。

「不毛よねー。他の人に尽くす姿に惚れるって」

「ぐう」

的確に急所を抉ってくるドナの言葉で、マーヤは机に突っ伏した。全くもってその通りだ。よく考えたら分かるはずだった。マーヤがエリフィスに惹かれたのは、エリフィスの彼の人を想う強さを知ったため。他人に惚れている姿に惚れてしまったら、マーヤにできる事は、上手くいくのを応援する事だ。

でもそれは、彼の人に想いを寄せるエリフィスを、諦められないマーヤだけではなくて。彼の人が他人に想いを寄せるのを、見守るしかできないエリフィスも同じ事で。

どちらにしても不毛すぎる恋なのだ。マーヤの恋も、エリフィスの恋も、叶わない事は、決まっているのだから。

それでもどうしても好きな気持ちは消えてくれなくて。そんなこんなで、もう6年も、マーヤの恋は足踏みを続けている。

昼休みが終わり、ドナと別れて職場に戻ったマーヤは、仕事をしながら別の事を考えていた。

本当は、分かっているのだ。このままではいけないという事を。

だってもう6年だ。6年前は10代前半だったマーヤも、気づけば立派な適齢期。周りの同い年の友人たちは、皆、順調に家庭を持ち、子どもがいる者もいる。一番仲良しのドナだって、付き合いの長い恋人がいて、そろそろ結婚しようかという話も出ているらしい。

このままマーヤがこの不毛な恋を続けていたら、将来は立派な行き遅れの誕生だ。いくら魔法省の魔術師というエリート職に就いていても、世間は未婚女性に厳しい。結婚していないだけで本人に何か問題があるのではと勘ぐられる。

エリフィスの最愛は、きっと一生変わらない。彼が、彼の人の事を語る時の顔を見ていれば、それは嫌でも察せられた。尊敬と、恋情と、苦しみがない交ぜになった、とても綺麗な表情で、エリフィスは彼の人を思い浮かべるのだから。そんなエリフィスが、たまらなくマーヤは好きなのだから。

マーヤの最善の道は、エリフィスへの恋心に蓋をして、高望みしないで、釣り合いのとれた相手と結婚する事。できれば結婚後も仕事を続けたいから、仕事に理解のある人がいい。燃えるような恋など望まないから、一緒に歩いていける人がいい。

ずきりと痛むこの胸の疼《うず》きを無視できれば。きっとマーヤは、そこそこの伴侶と、穏やかな人生を送る事ができるのだろう。

経験豊富な食堂のおばちゃんたちだって、言っていたではないか。若い頃の失恋は、そりゃぁ最初は死ぬほど辛《つら》いものだが、時が過ぎれば、痛みは消えるものだと。全て捧げてもいいとさえ思った、燃えるような恋の記憶は鮮やかだけど、自然と薄れていって、自分に合った伴侶との生活が何よりも大事になるものだと。今は辛くても、新しい恋が始まれば、そちらに夢中になれると。

そんな恋の先達たちの言葉は、マーヤの心を勇気づけた。彼の人を想うエリフィスに胸が苦しくなるのも、これほど側にいてもエリフィスの目には映らない悲しみも、時が過ぎればきっと忘れられる。

そうと決まれば。切り替えが早いのが、マーヤの長所だ。

顔の広いドナに頼んで、マーヤと性格が合いそうな人を紹介してもらおうか。ドナのパートナーも同じ魔術師だし、魔術師団には独身者も多いそうだから、きっと1人ぐらいはマーヤに合う人がいるだろう。そうだ。食堂のおばちゃんたちも、マーヤに合いそうな人を知っていると言っていた。会ってみようか。人を見る目があるおばちゃんたちの眼鏡に適った人ならば、期待できる。

そうやって自分から積極的に動き出せば、この長い初恋を吹っ切れそうな気がしてきた。いや、できる、絶対にできるはず。

マーヤはなんだか妙に晴れ晴れとした気持ちで、残りの時間は仕事に没頭したのだ。

終業間近。マーヤはエリフィスの執務室を訪れた。

手にはエリフィスのサインが必要な大量の書類。魔法省の副長官でありながら、実質、お飾りの長官の代わりも務めるエリフィスは仕事が多い。長官はなんの仕事もしない名誉職のようなものだが、こちらの邪魔もしないからちょうどいいと、意外と腹黒《はらぐろ》な副長官は望んで放置しているようだ。

先ほどまで燻っていたエリフィスへの恋心は、綺麗さっぱり消えている気がした。マーヤは気分も新たに、今後の素敵な出会いに心を躍らせていた。

だから大丈夫と、エリフィスの執務室のドアをノックして、入室の許可を得てから、中に入ったのだが。

エリフィスの姿を一目見て、マーヤは声もなく床に膝を突いてしまった。手に持っていた書類が、バサバサと床に散らばる。

「マーヤ？　どうかしたのか？」

部屋に入るなり、膝から崩れ落ちた部下に、エリフィスが驚く。

「具合でも悪いのか？　医務室に運ぼうか？」

心配の滲む声と、今にもマーヤを抱き上げて運び出しそうなエリフィスを、マーヤは必死に押しとどめた。

「なんでも、ありませんっ！」

マーヤは心臓がバクバクと脈打つのを感じながら、叫んでいた。先ほどまで凪いでいた感情が、あっという間に荒れ狂っている。

鍛えられた体躯を包む、銀糸を重ねた刺繡《ししゅう》が施された黒いローブ。同色のシャツとズボンの裾《すそ》も同じく銀糸で飾られている。銀に宝石を散りばめた耳飾り。魔力を高める効果重視のものなのに、蒼髪に映えてそれだけで美しい。きびきびと力強く、それでいて優雅さがあり。洗練された所作に目を引かれた。

髪に櫛《くし》を通し、髭を剃《そ》り。寝不足と過労のせいで、顔色は青白いままだが、それがどこか儚い雰囲気まで醸し出していて。長いまつ毛の影が落ち、涼やかな目元に陰りがあって、色香が滲んでいる。

装飾は控えめでも、そんな正装に身を包んだエリフィスの美しさは神々しいまでで。

「格好良い……っ！　不意打ち、無理！」

小さく呟くマーヤの声は、幸いにもエリフィスの耳には届かなかった。

凄い衝撃だった。前にドナが、油断していたところに魔獣からの一撃を食らったら、全身が

痺れて凄い衝撃だったと言っていたが、多分こんな感じだったのだろう。

何が新しい出会い、新しい恋だ。こんな綺麗で格好良くて素敵な人が上司で、一緒にいる時間も長くて、どこか抜けていて、お世話が必須な可愛い面もあって、それなのに優秀すぎて毎日のようにその凄まじい活躍を見せつけられているというのに。

どうしてこの人を、忘れられるなんて思ったのだろうか。数時間前の愚かな自分を叱ってやりたい。ああ、エリフィス副長官。大好きです。

「……予定を伺っておりませんでした。お出かけですか？」

漏れ出しそうになる気持ちを抑え、マーヤは立ち上がると、コホンと咳払いをして、エリフィスに正装の理由を問うた。膝がガクガクしていたが、エリフィスにはバレていないと信じたい。こんな邪な想いを抱いて、上司の前に立っているなんて、絶対にバレたくない。

「今戻ったところだ。エリス様に、贈り物を届けてきた」

鞭ができたところに、エリスから進捗を問う手紙が届いたので、矢も盾もたまらず、侯爵邸に出かけたのだとか。なんだそれは、可愛いじゃないか。こんなところも最高か。

「とても喜んでくださったのだが。私がまた無理をしたのではないかと、心配されて、叱られてしまった」

照れ臭そうに、エリフィスが微笑む。翠《みどり》の目が細まり、頬が赤く染まって、嬉しくてたまらないといったその表情に、マーヤの胸は、再び撃ち抜かれる。

しっかりしろ、私の足。こんなところで、崩れ落ちるんじゃない。

「……よ、良かったですねぇ」

なんとかそんなどうでもいい感想を絞《しぼ》り出したマーヤに、エリフィスは屈託なく頷く。うん、こういう子どもっぽい仕草もいい！　と、マーヤは泣きそうな気持ちで見ている。もはや手のつけられない重症《恋》である事を、マーヤは気づいていない。

「うん。マーヤが手伝ってくれたお陰だ。ありがとう」

「私は何も。大したお手伝いもできませんでした……」

魔力鞭はほとんど、エリフィスの手で作り上げたものだ。マーヤが手伝ったのは、素材を提案したり、必要な道具を揃えたり、あとはエリフィスが無茶をしすぎないように見張っていたぐらいで。手伝ったなんて言えるものではなかった。

「そんな事はない。マーヤと相談したお陰で、あの魔獣のたてがみを素材にする事を思いついたんだ。マーヤは勉強熱心で、普段から素材を色々と調べていてくれるから、とても助かっている」

そんな風にエリフィスが評価してくれている事に、マーヤは純粋に嬉しくなって、頬を赤らめた。ドナのように派手に攻撃魔術を使う事や、エリフィスのように奇抜な発想で魔道具を作る事はできないけど。地味なマーヤの努力が、少しでもエリフィスの役に立てたなら、こんなに嬉しい事はない。

「今度、エリス様にマーヤを会わせる事になった」

「ふぁっ？」

思いがけない事を言われて、マーヤから変な声が上がった。

次期女侯爵に、一介の平民であるマーヤが会う理由が、全く分からない。

「私の大事な部下を、紹介したいと願ったんだ。エリス様も、楽しみにしていると仰っていたよ」

『大事な部下』

凄いパワーワードだ。なんだそれ。めちゃくちゃ嬉しいんですけど。エリフィス副長官が、私の事を、大事な部下って。なんですかそれ、感動するんですけど。

誰でもすぐに代わりになるような、そんな地味な仕事しかしていないと、マーヤの自分に対する評価はとても低かったのだが、エリフィスにとってはそうではなかった。マーヤの素材に対する知識、エリフィスが欲しいと思う素材をあらかじめ準備できる洞察《どうさつ》力、丁寧で抜けのない報告書類、分かりやすく整理された資料たち。エリフィスがのびのびと研究に打ち込み、活躍するのに、マーヤのような細やかな気遣いのできる部下は、なくてはならない存在だった。

それに彼女だって、地味だが非常に実用的な魔道具作成に、少なくない数、携わっているのだ。彼女は1人でも、十分に功績を挙げている。

そういう、自分にはない能力を持つマーヤを、エリフィスは尊敬し、部下として尊重していたのだ。

エリフィスに褒められ、マーヤは有頂天《うちょうてん》になっていたが、ハタと現実に立ち返る。

普通の貴族に会うだけでも、冷や汗が出るのに、あのラース侯爵家の次期トップで、エリフィスの想い人に会うだなんて。ただの平民で、平《ひら》の魔術師のマーヤにとっては、大変な重荷である。そんなに気軽に会わせるなんて、言わないで欲しい。

感動で誤魔化されそうになったが、そんな恐ろしい会合は、全力で遠慮したい。しかも好きな人の想い人に会うって、ご褒美じゃない、絶対に。頑張ったのに罰ゲームって、酷くないですか、女神様。

緊張でガッチガチに固まるマーヤの肩を、エリフィスは力づけるように叩いた。

「心配いらない。マーヤは私の大事な、自慢の部下だ。いつも通りに振る舞えば、なんの問題もないよ」

優しく細まる翠の瞳を見返すと、心がふわふわ浮き立った。

エリフィスがそう言ってくれるのなら、頑張れると思ってしまう自分が嫌だ。

ガチガチだった身体から、自然と緊張がほぐれて、力が漲ってしまう。

好きな人の言葉一つで、誤魔化しようがない顕著な反応を示す自分の身体に、マーヤは諦めの溜息を吐いた。

どうやらマーヤの報われない初恋は、まだまだ続くようだ。

ラース侯爵家の茶会

歴史あるラース侯爵家には、自慢の庭がある。

王都の高位貴族が居を構える高級住宅地。それほど広いわけでもなく、さりとて、狭いわけでもなく。ほどほどの大きさの屋敷。華美《かび》でもなく、かといって地味すぎるわけでもない外観。他にない銘品《めいひん》というわけではないが、落ち着いた、質の良い調度品。

ラース侯爵邸は、そんな特に秀でたところもない、かといって劣るわけでもない、ごく平凡な屋敷であったが。それでも、花々が咲き誇る庭園は、格別に美しかった。

ラース侯爵夫人が草花に興味を持っているため、特に庭の作りには力を入れているのだ。ラース侯爵家に仕える熟練の庭師たちが、工夫を凝らして草木を配置しているので、季節ごとに様々な花々が咲き誇り、人々の目を楽しませてくれていた。

その日、ラース侯爵家の茶会に招かれたのは、エリスの学園のクラスメイトたちだった。

隣国の王太子絡みの問題にエリスが悩まされていた時、エリスに同情した学園のクラスメイトたちが、さりげなく、エリスを助けてくれたのだ。

例えば、エリスの仲の良い友人たちは、学園内では決してエリスの側を離れず、不安がるエリスを励まし続けていた。

また、同じクラスの女子生徒たちは、隣国の傲慢な王太子がエリスの元を訪れるたびに、1人は王太子妃候補であるレイアへ知らせるべく走り、また1人は担任のシュリル・パーカーの元へ走るといった、見事な連係プレーを見せ、事態を収束させるために動いた。

男子生徒たちは、学年の違う隣国の王太子の動向を同じ騎士クラブの後輩たちに見張らせて逐一《ちくいち》報告させ、エリスと王太子が接触しないように、さりげなくエリスを避難させた。

そうやってクラスメイトたちが一丸となって助けてくれている間に、王太子ブレインと王太子妃候補のレイアの尽力で、隣国の王太子の無礼な発言は撤回され、エリスはようやく平穏な日々を取り戻す事ができた。

今日の茶会は、そんなクラスメイトたちへお礼をしたいと、エリスが自ら主催したものなのである。

美しい庭園に用意された席についたクラスメイトたちは、その多彩な卓上に目を奪われた。磨き抜かれたカトラリー、美しく盛りつけられた茶菓子、香り高い紅茶。食欲旺盛《おうせい》な騎士見習いの男子生徒たちのために、茶会では珍しい軽食まで並んでいる。

ラース侯爵家はそれほど社交を好まないので、このように大規模な茶会を開く事は滅多にない。エリスと仲の良い友人たちは、ささやかな茶会をラース侯爵家で楽しんだ事はあるが、友人同士の気楽な催しだったので、このような本格的な茶会は初めてである。

だから、ラース侯爵家が本気を出した茶会が、これほど凄いという事は、誰も知らなかった。

訪れた客をもてなすために、一分《いちぶ》の隙もなく整えられた会場に、誰しも息を呑んだのだ。

そしてその本気の最たるものが、使用人たちだった。

「いらっしゃいませ」

銀色の髪と、青瞳には片眼鏡。皺一つない執事服に、白い手袋。衰えぬ美貌に、品のいい皺が刻まれた、壮年の筆頭執事が、溜息の出るような所作で一礼し、恭しく客たちを出迎え。

「いらっしゃいませ」

その筆頭執事に似た面差《おもざ》しの、まるで人形のように美しい男女の双子。学園とは違い、片や執事服、片や侍女の制服に身を包んだ執事見習いと侍女見習いが、訪れた客たちを屋敷の中へ先導し。

そうして、ふわふわと夢見心地で案内された庭園の入り口には。

「いらっしゃいませ」

銀の髪を後ろに撫でつけ、鮮やかな青瞳には眼鏡。細身ながら均整のとれた体躯を執事服に包んだ、ラース侯爵家次期当主の専属執事が、怜悧《れいり》な美貌に柔和な笑みを湛えて出迎えた。

その他にも、嫋《たお》やかで美しい侍女たちや、鍛え抜かれた体躯の凛々《りり》しい騎士たちが、勢揃いで客たちを出迎える。

「皆様、よくいらしてくださいました。今日は楽しんでいってくださいませ」

と、主催者のエリスもにこやかに皆を出迎えているのだが。どちらが主人か分からないほど、使用人たちの印象が濃い。

「至福っ！　天国がここにありましたわ」

「美しい。あの侍女たちは女神なのか」

「なんて逞しい騎士様。ああ、素敵な筋肉！」

「素敵！　噂通り麗しいわ、エリス様の専属執事様」

「くぅぅ。ラブ嬢の侍女服。貴重だっ……」

「ダフ様の執事服、可愛いっ！」

「大人の魅力……、筆頭執事様っ。ああ、あの方に叱られたい」

訪れた客たちの、黄色い悲鳴を押し殺した声が、あちらこちらから漏れ聞こえていた。若干、色々な性癖やら願望やらが駄々洩《だだも》れた声もあったようだが、タイプの違う美形、美女に舞い上がる客たちの耳には聞こえていなかったようなので、良しとしよう。

これほど見目麗しい使用人たちに、完璧な茶会の支度《したく》。

招待客の中には、気品溢れるその空間に、怖気《おじけ》づく者も出てきた。特に下級貴族や平民の生徒にはそれが顕著で、強張った顔でガチガチに固まっている者もいる。

学園は平等を謳ってはいるが、それは学園の中での事。一歩外に出て、家同士の関係となれば、高位貴族は高位貴族同士、下級貴族は下級貴族同士で交流を持つ。茶会が催されても、高位貴族の茶会に下級貴族が招かれるのは稀だし、その逆もまたしかりだ。

平民の生徒に至っては、裕福な豪商の子でもない限り、そもそも茶会自体に参加した事がない。

それが今回のラース侯爵家の茶会は、高位貴族、下級貴族、平民の垣根なく招かれている。

高位貴族たちはさすがに澄ました顔で場を楽しんでいるが、下級貴族や平民の生徒たちは、その洗練された空気に呑まれ、挨拶やマナーは間違っていないかと気が抜けず、茶会を楽しむまでには至っていなかった。

「まぁまぁ。よくいらしてくださいました」

「おやおや、これは華やかだ。これほど多くの若者がいると、釣られて若返った気分になるな」

ゆったりと招待客たちの前に現れたラース侯爵夫妻は、ニコニコと歓迎の言葉をかけてくれる。ラース侯爵の冗談めかした言葉は、年配の貴族がよく若い貴族たちにかける使い古された言い方で、こういった言葉選び一つにしても、凡庸さが浮き出ている。

だが、見目麗しい使用人たちが揃った煌《きら》びやかな空間で、そのふくふくとした平凡なラース侯爵夫妻の姿は、緊張で身体が固くなる若者たちを、いい意味でほぐしてくれたようだ。

「どうぞ、若い者同士、ゆっくりと楽しんでください。老いぼれは、退散するとしよう」

茶目っけをこめてそう言うと、ラース侯爵夫妻は軽く挨拶だけをして、すぐに2人連れだって会場をあとにした。

侯爵夫妻がいるとラース侯爵夫妻の気兼ねない雰囲気が壊れるだろうと、配慮してくれたのだ。クラスメイトのエリスならまだしも、親しみやすいとはいえ、侯爵夫妻という普通なら雲の上の存在と歓談するなど、下級貴族や平民たちには荷が重すぎる。

彼らは侯爵夫妻が退場したことにあからさまにホッとして。そこからは、緊張がほぐれたこともあって、ようやく茶会を楽しめるようになっていた。

緊張の解けたクラスメイトたちが、それぞれに茶会を楽しみつつある中。案内された上席でラース侯爵夫妻の振る舞いを眺めていたレイアは、さすがだわ、と内心、しきりに感心していた。

ラース侯爵家の茶会の支度、そして使用人たちの佇まいは、はっきり言って、王家主催の茶会と遜色《そんしょく》ないものだった。社交をあまり好まないはずのラース侯爵家が、これほど洗練された茶会を催すとは、招かれた客たちも思っていなかったに違いない。高位貴族の子息、令嬢ならば特に、社交界で凡庸だと言われるラース侯爵家の印象との乖離に違和感を覚えた事だろう。

だが、あのラース侯爵の頑張って若者を茶化しているような言動で、雰囲気がサラリと変わった。高尚で洗練された雰囲気が、親しみやすく、気軽な雰囲気に。ほんの一言二言の、使い古された下手な言い回しで。

レイアは父との会話を思い出していた。あれは確か、ドーグ・バレの事件のあと、『紋章の家』について話していた時だと思う。

「ラース侯爵は、不思議な方だ。普段は目立たず、夜会でもニコニコと笑って会話にあまり加わらず、聞き役に徹しておられるのだが。酒の勢いもあって客たちの間で意見が衝突したりすると、彼が一言、二言、何か喋るだけで、場が和《なご》むというか、落ち着いてしまうのだ」

レイアの父は、法務大臣という役職にある。社交の場でラース侯爵と関わる事はほとんどないが、仕事上、『紋章の家』についてよく知っていた。

「ラース侯爵は社交を好まないから、そういった場面に遭遇するのは稀なんだが、今思い返せば、客たちが揉めていた内容は、外交に関わるものだったり、国の施策に関わるものだったり、または大きな派閥が割れかねない諍いだったりと、国の重要な問題ばかりだった。ラース侯爵の言葉で、強硬な意見を持っていた者も、矛《ほこ》を収めて意見を翻《ひるがえ》してしまう。もしや、ああやって要所、要所で皆の意見をまとめ上げ、思う通りに国を舵取《かじと》りしているのではと、勘ぐってしまうほど、見事なのだ」

父は笑いながらそう言っていたが、あながち、その予想は外れではないとレイアは思った。

エリスは言っていた。自分より恐ろしいのは父や兄のようなタイプの人間だと。自分の望みを口に出さず、その実、誰にも知られずに、自分の望み通りに物事を変えていくのに長けているのだから。

この場で、いとも簡単にクラスメイトたちの緊張をほぐし、しかも、凡庸というラース侯爵家の評判とはチグハグな、洗練された茶会の雰囲気を、気軽なものに変えた。

クラスメイトたちはこう思っただろう。凡庸なラース侯爵家だが、仕える使用人たちに優秀な者が多いのは有名な話だ。この茶会が王宮で催されてもおかしくないぐらい格式高く感じるのは、優秀な使用人たちのお陰だろうと。レイアも、もしも『紋章の家』であるラース侯爵家を知らなければ、同じように感じていたに違いない。

言葉一つで、巧みに印象を操作していく。レイアはラース侯爵のその技量に、空恐ろしさを感じた。

クスッと笑う声に、レイアが顔を上げると、同じ卓についているエリスと目が合った。

「レイア様。難しい事は考えずに、茶会を楽しんだらよろしいのに」

エリスの、その子どもをあやすような口調に、レイアは反発を覚えた。

「色々と、自分の至らなさを感じていたのよ。将来、妃として立った時に、あのように振る舞えるかしらと」

そう、強がりを口にすれば。エリスは目を細め、囁くような声でレイアに告げる。

「あら、父が聞いたら喜びそうだわ。でも、レイア様はレイア様でいいのよ。他の誰かみたいにならなくても、貴女には素敵なところが沢山あるわ。他の誰かみたいになって、貴女がいなくなるのは嫌よ」

エリスの言葉で、レイアの胸に温かな喜びが広がる。妃教育が始まり、教師たちからの厳しい言葉を受けて、己を叱咤《しった》して食らいついていく毎日ではあるけれど、たまにはこんな風に素のままの自分を褒められると嬉しい。

ほんのりと、目に滲んでしまった涙を瞬《まばた》いて誤魔化し、レイアは高貴な女性らしく、ツンと顔を上げる。

「酷いわ、エリス様。客を泣かせるなんて」

「泣き顔も可愛くてよ、レイア様」

精一杯虚勢を張っても、艶っぽくそうエリスに返された途端。レイアは首筋まで真っ赤になった。

「か、か、か、可愛いって」

ぼふんとさらに真っ赤になって、あわあわとレイアは動揺する。

綺麗だとか凛々しいとか、頼りになるとか憧れるとか、そんな言葉はこれまでに山ほどかけられてきたが、可愛いなんて一度も言われた事がない。

「あらまあ。本当に可愛いわ。レイア様。よろしければ、わたくしの家で一緒に暮らさない？」

ほうっと、エリスが小首を傾げて、レイアを愛おしそうに見つめる。

そんな犬や猫を見初めたように、気軽に言わないで欲しい。

「エリス様と話すと、いつもこうなんだから！」

と、レイアは憤慨しながら目の前の茶菓子を頬張《ほおば》った。もの凄く美味しくて、目を見開く。あとでレシピが欲しい、とエリスに強請るような視線を向けると、うんうんと、優しく頷かれた。その姿はまるで、母が子の可愛いオネダリを、受け入れるかのようだった。

「私は一体、何を見せられているんだろうな」

レイアと同じく、上席の卓に通されていたブレインが、睦《むつ》まじいエリスとレイアのやり取りに、げんなりとした顔で呟きを漏らした。ブレインの側近であるライトとマックスが、ブレインの側で居心地が悪そうに小さくなっている。

もちろん、ブレインたちも、表向きは今回の騒動の最大の功労者として、ラース家の茶会に招待されていた。

出席するかどうか、ブレインは最後まで迷った。茶会の招待客は主にエリスのクラスメイトたち。その中で招待されれば、主催であるエリスと高位貴族であるレイアと、同じ卓になる事は確実だ。そんな、昔フラれた相手と今の婚約者候補と同じ卓で茶会など、どういう拷問なのだと、断りたかった。だが、最大の功労者としては無碍《むげ》に断る事もできず、こうして、渋々参加してみたのだが。

普段は仲の良いエリスとレイアだが、ブレインが同席する場では、ギスギスと気まずい空気になるのでは？　と、胃をキリキリさせながら茶会にやってきたのだが。蓋を開けてみれば、2人はブレインそっちのけで、イチャイチャと楽しそうにしている。本当にそっちのけである。もしかしたら、ブレインが同じ卓についているのにも、気づいていないかもしれない。

王族であるブレインがそうなのだから、側近のライトやマックスは、それ以上に放ったらかしであった。学園で人気者の彼らは、こんな風に放置される茶会というのは初めてだった。モテモテの彼らは茶会に参加すると、同じ卓の令嬢たちの誰もが必死で話しかけてきて、対応に追われるのが常なのに。他の卓の客たちも、隙あらば彼らに話しかけようと、虎視眈々と狙ってくるというのに。

このラース侯爵家の茶会では、他の卓の客たちは、見目麗しい使用人たちの見事な給仕や、次々に運ばれてくる物珍しい菓子や軽食に目を奪われていて、ブレインたちにまで気が回らないようだった。

だからだろうか。いつもより随分と気軽に、ブレインたちはゆっくりと茶会を楽しむ事ができた。時折、仲の良い友人や、話してみたかった学友たちと、なんの気負いもなく楽しく話す事ができた。王族や高位貴族という事を忘れて、まるで1人の学生のように、気楽に。

それに。エリス友人《エリス》と話しているレイアは、なんて自然に可愛らしく笑うのだろう。ブレインはチラチラとレイアを盗み見ては、こっそりと溜息を吐いた。

妃候補として立ってからは、凛とした笑顔を浮かべている事が多い彼女だが。

今日のレイアは、エリスが溜息を漏らすのが分かるぐらい、可愛らしい。何か考え事をしているのかと思ったら、赤くなったり、拗ねたり、美味しいお菓子に目を輝かせたりと、くるくると表情が変わって、目が離せない。

先日から、ブレインの気分は、おかしかった。レイアの優しさに触れてから、なんだか、彼女と顔を合わせると鼓動《こどう》が激しくなり、動揺して彼女と上手く話す事ができない。かといって、彼女と会わないと、何をしているのか気になって仕方がない。

ブレインは王族だ。幼い頃から、感情を抑制する事を学んでいる。それなのに、レイアに関しては、少しも感情が隠せずにいた。側近のライトやマックスには、すぐにバレた。

エリス初恋《エリス》の時は、どちらかといえば、国の利益が頭にあった。彼女のような妃を迎え入れれば、国のためになると。もちろん、ブレインなりに惹かれてはいたが、あれは、人ならざる美しさに、魅入られたという焦がれだった。

それが、レイア相手だと、何より、彼女を見ていたかった。笑う彼女を、怒る彼女を、恥ずかしがる彼女を、涙もろい彼女を。少しずつ、2人で時間を重ねるたびに、目を離しがたくなっていった。

そんな、初めての感情を持て余すブレインに、側近たちはなんとか助力すべく、レイアとの時間をできるだけ増やしたり、贈り物のアドバイスをしたりと、奮闘していたのだが。

主人同様、モテるがゆえに女心が分からない朴念仁《ぼくねんじん》の側近たちでは、効果的なアドバイスとならず、レイアにブレインの気持ちが届く事は全くなかった。驚くぐらい、レイアは政略結婚の、将来の妃としての意識から逸脱《いつだつ》しない。ブレインへのレイアの振る舞いは、気持ちいいぐらい凪いでいた。

だが側近たちは、それも仕方ないと思っていた。

なにせ、目下のブレインの恋敵は、多分、エリス《友人》だ。今、レイアの心を一番占めているのは、間違いなく、あのエリスだからだ。

強烈すぎるあのエリスを見ていれば、生半可な貴公子など、眼中からなくなるのは当然だろう。聞いたところによると、レイアは以前、賊に襲われたところをエリスに助けられた事があるという。あの圧倒的な強さと美しさでもって、命を救われたとしたら、その辺の男が敵うはずもなく。レイアの理想が高くなるのは、仕方がない気もする。

ライトとマックスも、以前、エリスに命を救われ、彼女に想いを寄せた事がある。だから、レイアがエリスに惹かれる気持ちは分かる。その時は主人であるブレインがエリスに惹かれていたので、自分たちの想いは封じたのだが。それは賢明だったたと、今は思う。

ベルドとエリスの決闘を見学して、ライトとマックスの淡い恋心はすっぱりと霧散した。圧倒的な恐怖で上書きされた。

男というものは、恋した女性をしばしば女神に例えるものだ。女神のように美しいとか、女神のように神々しいとか。

戦うエリスの姿は、女神だった。賛辞の比喩《ひゆ》としての女神じゃなくて、絶対的な神。慈悲深く、されど、罪人には容赦ない、残酷な神。

ライトとマックスは、ブレインの側近としてだけではなく、ライトは魔術師として、マックスは騎士として、学園内でも屈指の実力の持ち主である。将来は、魔術師団、騎士団に入る事が確実視されているし、そこそこの強さだと自負しているのだが。エリスの強さは、そんなものとは格が違った。あの人に惚れていたなんて、身の程知らずだ。

そんなエリスに、レイアは惹かれている。恋愛の意味ではなくて、憧れの意味で。もしもこれが、相手が男性で、恋愛の意味で惹かれていたとしたら、いずれ妃になるという自覚があるレイアの事だ。きっぱりさっぱり、恋心を断ち切る事ができるだろう。しかし友人ならば、断ち切る必要はない。ブレインにとっては、排除されない永遠の恋敵が側にいるようなものである。質《たち》が悪い。

諦めが混じりつつも、それでもなんとか主人を助力しようと、側近たちが機会を窺っていると。

エリスがそっと席を立った。主催者として、他の卓にも挨拶に向かうのだろう。

ブレインたちに会釈をして、エリスがすっと手を出す。

滑るように近づいてきた銀髪の執事が、その手を恭しく取り、エスコートする。流れるように自然に並ぶ2人の姿に、周りの卓からほうっと息が漏れた。

エリスは恥ずかしそうな顔で、ハルは蕩けるような笑みを浮かべ。一つ一つの卓を丁寧に回り、朗らかに挨拶を交わす。ハルはもちろん使用人という立場なので、客たちに声はかけず、エリスのエスコートに徹しているが。どう見ても主人と使用人というよりは、睦まじい恋人同士のようだ。

挨拶を受けるクラスメイトたちは、2人の睦まじい姿を見て、隣国の王太子の暴挙を阻止して良かったと心の底から思った。エリスの仲の良い友人たちなどは、ハンカチを目に当てて、うんうんと力強く頷いている。いつもは大人しく、クラスでも目立たない女生徒たちだが、エリス《友人》の幸せを心の底から喜ぶ姿が可愛らしく見えて、一部の男子生徒から、熱い視線を向けられているのに気づいていない。

また、ラース侯爵家への婿入りをまだ諦めていない男子生徒は、エリスのはにかんだ笑顔に見惚れ、ハルから絶対零度の視線を食らい、慌てて顔を逸らした。

ラース侯爵家の茶会は、色々な思惑と新しい恋の可能性を生み出して、和やかに過ぎていくのだった。

◆◇◆◇◆

客たちが全て帰ったあと、エリスは綺麗に片付いた夕暮れの庭園を眺めて、フフフと笑った。

「楽しかったわ。ありがとう、ハル。皆も、滅多にない茶会だったから疲れたでしょう？」

静けさを取り戻した庭園は、どこかもの哀しさを感じさせた。宴《うたげ》というものは、楽しければ楽しかった分、終わったあとに寂しく感じるものだ。

「いいえ。これしきの事、なんでもございません。全ては、エリス様のお心のままに」

エリスに寄り添うハルは、ニコリと微笑んで首を振る。

茶会を開くぐらい、ラース侯爵家の使用人の力量をもってすれば、負担になる事ではない。

茶会の開催は、社交が嫌いなラース侯爵家では珍しい事だったが、それがかえって使用人たちのやる気に火をつけていた。その結果、王宮のものと遜色ない素晴らしい茶会になったのだ。

侯爵家の令嬢が催す茶会にしては、洗練されすぎていたようだが。

「皆が頑張ってくれたお陰で、お客様に楽しんでいただけたようだわ」

エリスは、今回の事で、心からクラスメイトたちに感謝していた。

皆がエリスを、隣国の王太子の横暴から救おうと必死になってくれた。エリスを励まし、助け、時には逃がしてくれて。ブレインやレイアの後ろ盾があったとはいえ、隣国との関係の悪化を危惧する親たちから、叱責を受けるかもしれないのに、それでも損得抜きに、エリスと、エリスの恋を守ろうとしてくれた。

エリスにはそれがとても新鮮だった。今まで、守られる立場になど、なった事がなかった。強く、1人で立つ事が当たり前で、それを苦に思った事はない。ラース侯爵家に生まれた以上、自分の望みを叶えるために強くあるのは、当たり前の事だったから。

だから、エリスは茶会を開いた。ラース侯爵家からクラスメイトたちへの、ささやかなお礼。平民や下級貴族のクラスメイトからは、王宮で催されるような憧れのお茶会に参加できて嬉しかったと喜ばれた。

上位貴族のクラスメイトからは、いつもの決まったメンバーでのお茶会もいいが、色々な階層から意見が聞ける茶会も楽しかったと、意外な高評価が得られた。

王太子のブレインや、その側近たちからは、今まで出た茶会の中で一番気軽に楽しめたと、謎の感想を得た。ラース侯爵家でまた茶会を開いて欲しいと熱心に頼まれ、ご自分で父にお聞きくださいと断ったら、なぜか悲しい顔をしていた。

「それにしても。あの王太子殿下がねぇ。面白いものが見られたわ」

くすくすと、エリスが思い出し笑いをする。

「レイア様の気を惹こうと、一生懸命で。可愛らしかったわねぇ」

茶会の最中。エリスが気を利かせて卓を外れると、ブレインは待っていたかのようにレイアに話しかけ、使用人たちの手も断り、自分でレイアに給仕をし始める始末。側近たちもブレインに助力しようと、2人に話しかけようとするクラスメイトを上手くブロックしていた。

「でもレイア様ったら、全く気づいていないのですもの」

給仕などした事もないブレインが上手くやれるはずもなく、茶をこぼし、茶菓子を取り落として、余計に使用人たちの手を煩《わずら》わせ。その上、勇気を振り絞って話しかけてきたクラスメイトを一方的にあしらう側近たちに、レイアがふつふつと怒りを溜めていき。

我慢の限界を超えたレイアに、笑顔で叱られた王太子殿下とその側近の姿は、高貴な方だと遠巻きに見ていたクラスメイトたちから、親近感を覚えられたようだ。

「まあ。レイア様の魅力に気づけば、そのうちにとは思っていたけど……。まだ妃候補になってそれほど時間が経っていないのに。早かったわねえ」

ブレインのチョロさに呆れる気持ちが半分、可愛らしいレイアが相手なのだから当然という気持ちも半分。問題は、レイアに全く気持ちが通じていない事だ。

恋愛感情よりも、妃になるという使命感に燃えているレイアは、今はまだブレインをそういう対象としては見ていない。ブレインも、レイアは政略での婚約者と思っていたはずだが、いつの間にレイアに好意を持つようになったのか。

まさかブレインがレイアに恋心を覚えたのが、あの決闘の最中だったとは、さすがのエリスも気づいていなかった。

「上手くいくといいわね、あの2人」

「さようでございますねぇ」

エリスの言葉に同意して頷くハルだったが、純粋に友人の幸せを願うエリスとは違い、その思いは不純にまみれていた。

エリスにかつて求婚しやがった王太子ブレインと、エリスの寵愛を受ける友人のレイア。エリス至上主義、心の狭さについては定評のあるハルにとって、この目の上のたんこぶな2人がくっついて、勝手に幸せになってくれれば、一石二鳥《いっせきにちょう》だ。2人がどうなろうと心底どうでもよかったが、エリスの心が2人に向けられる時間が減れば、その分、ハルに向けてもらえる。

それだけのために。２人が末永く幸せにでもなんにでも、なればいいと思う。

「ハル。わたくしの友人の事なのよ。もう少し真剣に考えなさい」

「もちろん、全身全霊で、お２人の末永いお幸せを願っております。そのためでしたら私、どんな事でも致しましょう」

清々しい笑顔で、ハルはエリスに答える。エリスが望むのなら、超強力な惚れ薬でも準備して、２人に盛る事も辞さないと言わんばかりに。

……それもいいかもしれない。あの２人がお互いに夢中になれば、エリスを煩わせる事もなくなるだろう。相手の事しか考えられなくなるような、依存性の高い惚れ薬の作り方はどうだったか。ハルは頭の中で、その魅力的な計画を立てる。

「企んでいる事が怖いわ、ハル」

「これは失礼致しました。つい、本気になってしまいました」

エリスに窘められたが、ハルは口では謝りつつも、その魅力的な計画を諦められずにいた。

ハルはエリスが全てだが。エリスはハルが全てではない。

それならば。エリスから、邪魔なものを除いていけばいい。

そうすれば、残ったハルだけを、見てくれるかもしれない。

ぐるりぐるりと。ハルの中でその考えが大きくなる。どうすればエリスを独占できるのか。

まずはあの王太子とその妃候補から。それからあのいけ好かない、野良魔術師も。自分の弟妹だって、エリスに可愛がられている。ああ。全部全部、エリスの側から、取り去ってしまおう。そうすれば。エリスにはハルしか残らないから。そうしたらきっと、エリスはハルだけを見てくれる。

「ハル」

決して大きくはない、エリスの呼ぶ声に。ハルはパチリと目を瞬いた。

「そんな事を考えてはいけないわ」

エリスの窘める声に、ハルはぎゅうッと、胸が痛くなった。

やはりエリスは、ハルだけを見てくれる事はないのだ。エリスの大切なものは、沢山あるから。ハルだけではないから。

エリスに認めてもらえるだけで、幸せだったのに。いつから自分はこんなに強欲になったのだろうと、ハルは自嘲《じちょう》気味に笑った。こんなに素晴らしいエリスを、自分だけで独占するなんて、無理なのに。

するりと、エリスの両手が、ハルの頬を包む。

その手に引き寄せられ、ハルはエリスと、ひたと視線を合わせた。

「ねえ、ハル。どんな事だろうと、ハルがわたくし以外の人の事を考えるのは、嫌だわ」

吐息が、ハルの頬にかかるほど近く。囁く声は甘い。

「そんな事を考える暇があるのなら、わたくしの事を考えて」

拗ねたような、可愛らしい顔で。

ハルのどろどろとした、自分でも制御できない嫉妬など、ものともせず、エリスは笑う。

「わたくし、自分でも思っていた以上に、狭量なのね」

頬に触れる、柔らかな感触。一瞬にも満たない時間。

エリスの手が頬から離れた瞬間。

「……っ！」

ハルは弾かれたようにエリスから離れ。そして、ぺたりとその場に崩れ落ちる。その顔は朱《しゅ》に染まり、声にならない悲鳴を押し殺す。

そんなハルの初心な様子に、エリスは軽やかな笑い声を上げる。

年上の矜持《きょうじ》だとか、男としてのプライドだとか。

そんなものがあっさり吹き飛んで、ハルは悔しげに唸る。

「……お戯《たわむ》れを、エリス様」

頬を押さえ、そう返すのが精一杯のハルの髪を、エリスは愛しげに撫でる。

「やっぱり、お前が一番可愛いわ。ハル」

あとがき

この度は、『平凡な令嬢エリス・ラースの遊戯』を手に取って頂いて、ありがとうございます。

『平凡な令嬢エリス・ラースの日常』に続き、まさかの2巻目。お話を頂いた時は、『え、本気ですか？』と聞きたくなりました。本気でした。

私としては、平凡なエリスや、可愛い双子や、食えないラース侯爵や、いぶし銀のシュウや、忠犬のエリフィスや、もはやモブになってしまった王太子殿下を再び書けるのは嬉しいのですが。狂犬執事のハルを書き続けるのはちょっとだけ抵抗がありました。変態ですから。

でも結構、読者様からは人気があります。ハルなのに。『気持ち悪いわ、ハル』と思いながら、私も書いています。皆様も、同じ気持ちで読んで頂けたら幸いです。

そんな楽しいキャラたちを、美しいイラストで彩ってくださったのは、羽公様です。１巻から引き続き、今回は念願のシュウまで書いて頂き、大変嬉しいです。ありがとうございます。

また、２巻の刊行をご英断くださった、ツギクルブックス様。メールの返信が遅い私に怒りもせずに支えて下さった担当者様。ありがとうございます。

そして、平凡な令嬢を呼んでくださった皆様。忘れた頃に更新される小説に、『待ってました』、『更新ありがとう』、『このシリーズ好きです』、『エリフィスをもっと出して』、『ハルが笑えます』などと温かい感想をくださり、とても励みになっています。今後も長い目で応援して頂けると嬉しいです。

それでは。拙い私の作品ですが。少しでも楽しんで頂けたら幸いです。

２０２４年2月　まゆらん

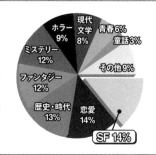

2024年7月、
最新17巻
発売予定！
もふもふを
知らなかったら
人生の半分は無駄
にしていた
1〜16
著／ひつじのはね
イラスト／戸部淑
冒険あり、癒しあり、笑いあり、涙あり
もふもふたちに囲まれた
異世界スローライフ！
魂の修復のために異世界に転生したユータ。異世界で再スタートすると、
ユータの素直で可愛らしい様子に周りの大人たちはメロメロ。おまけに妖精たちがやってきて、
魔法を教えてもらえることに。いろんなチートを身につけて、目指せ最強への道？？
いえいえ、目指すはもふもふたちと過ごす、
穏やかで厳しい田舎ライフです！
転生少年ともふもふが織りなす
異世界ファンタジー、開幕！
定価1,320円（本体1,200円＋税10%） ISBN978-4-8156-0334-2

第4回ツギクル小説大賞
大賞受賞作
追放悪役令嬢の旦那様
著／古森きり
イラスト／ゆき哉
1～8
謎持ち
悪役令嬢
規格外の旦那様と
辺境ライフはじめます!!!
「マンガPark」
（白泉社）で
©HAKUSENSHA
コミカライズ
好評連載中！

ツギクルブックス

愛読者アンケートに回答してカバーイラストをダウンロード！


愛読者アンケートや本書に関するご意見、まゆらん先生、羽公先生へのファンレターは、下記のURLまたは右のQRコードよりアクセスしてください。

アンケートにご回答いただくとカバーイラストの画像データがダウンロードできますので、壁紙などでご使用ください。

https://books.tugikuru.jp/q/202402/erisu2.html

本書は、「小説家になろう」（https://syosetu.com/）に掲載された作品を加筆・改稿のうえ書籍化したものです。

平凡《へいぼん》な令嬢《れいじょう》 エリス・ラースの日常《にちじょう》2

2024年2月25日　初版第1刷発行

著者　まゆらん

発行人　宇草 亮
発行所　ツギクル株式会社
〒105-0001　東京都港区虎ノ門2-2-1
発売元　SBクリエイティブ株式会社
〒105-0001　東京都港区虎ノ門2-2-1

イラスト　羽公
装丁　ツギクル株式会社

印刷・製本　中央精版印刷株式会社

ISBN978-4-8156-2403-3
Printed in Japan